新装版

十日えびす

宇江佐真理

祥伝社文庫

目次

弥生(やよい)ついたち

一

二月に入ったというのに江戸は底冷えのする日が続いていた。その日も空は厚く雲に覆われ、終日、陽の目は見えなかった。

富沢町の錺職人三右衛門の弔いに訪れた人々も、悔やみを述べるより寒さに往生する言葉が先になった。皆、首を縮め、背中を丸くした恰好で線香臭い家の中へ入って行く。

普段の夜なら真っ暗で足許も覚つかない土間口前も、その夜ばかりは大提灯が煌々ともり、忌中の紙を貼った簾を白々と照らしている。目になじまない明るさが却ってその家の不幸を際立たせていたとも言えようか。

一昨日の未明、疲れたと言って早めに床に就いた三右衛門が苦しそうな呻き声を上げた。隣りに寝ていた女房の八重が慌てて起き上がると三右衛門は俯せになって胸を押さえている様子だった。

「大丈夫かえ」

八重は夫の胸に手を伸ばした。三右衛門はうるさそうにその手を払いのけた。行灯に火を点けると三右衛門の額には冷たい汗が光っていた。八重は二階に寝ている末娘のおみちを起こし、近所の医者を呼びにやった。他の子供達は家から出ていたので、おみちしか頼める者はいなかった。

寝ぼけまなこの医者が駆けつけた時、三右衛門の呻き声は収まっていたが、意識は朧ろだった。医者が薬を飲ませようとしても飲み下すことができず、口の端からだらだらとこぼした。もはや医者も手の施しようがなかったらしい。医者は三右衛門の身体を摩って何んとか正気を取り戻そうとしたが、その甲斐もなく半刻（約一時間）後に三右衛門は息を引き取った。呆気ないほどの最期だった。

心ノ臓が弱っていた上に折からの寒さで急激に発作に見舞われたのだと医者は言った。

「お役に立てず申し訳ありませぬ」

年寄りの医者は気の毒そうに言うと、そそくさと帰って行った。眠っているようにしか見えない三右衛門を八重とおみちは言葉もなく見つめていた。その死がまだ信じられなかった。

「おっ義母さん。お父っつぁん、本当に死んじまったの？」

しばらくして、おみちは三右衛門に視線を向けたまま八重に訊いた。

「そうだねえ。いつもと同じように仕事して、そいで湯屋に行って、晩酌して、ごはん食べて寝たんだよねえ。それがこうなるなんて」

「でも、ごはんのお代わりはしなかった。大好きな魚の煮付けが出ていたのに」

おみちは、いつもと違う三右衛門の様子を思い出して言う。

「身体がしんどいから、おれァ、もう寝るぜ」

そう言って三右衛門は早めに蒲団に入った。

あの時から具合は悪かったのだろう。今まで風邪もろくに引かない丈夫な男だったから、ひと晩ぐっすり眠れば翌朝は回復すると三右衛門自身も思っていたのだろう。夫の様子に気づかなかった迂闊な自分を八重は今さらながら悔いていた。

「お父っつぁん」

おみちは三右衛門に呼び掛けた。もしかして返事をするとでも思ったのだろうか。だが、何度呼び掛けても三右衛門の返答はなかった。

おみちは仕舞いに三右衛門の掛け蒲団に縋って泣いた。それにつられるように八重も口許を掌で覆った。

夜が明けると、八重は三右衛門の死を近所に伝えた。ほどなく、近所の男達と女房達が現れ、かいがいしく弔いの準備を始めた。

三右衛門の遺骸を北枕にして寝かせ、枕許には屏風を逆さに置き、胸の上には魔よけの刃物を置く。それ等は皆、近所の住人達がしてくれた。そればかりでなく、檀那寺に知らせるのも、葬儀屋を頼むのも、皆、近所がやってくれた。

「いいから、あんたは親方の傍にいてやんな」

礼を言う八重に近所の住人達は優しく応えてくれた。

昼前には家から出ている長男夫婦、次男夫婦、三男、長女、次女も駆けつけ、三右衛門の死に涙をこぼした。

八重はその間も、ぼんやりと三右衛門の傍に座っていただけだ。檀那寺から僧侶が訪れ、短い経を唱えると、これからの葬儀の段取りを伝えた。

僧侶が葬列に使う幡に経や梵字を書き入れる傍で近所の女房達が三右衛門の経帷子を縫ったり、祭壇に供える団子を拵えたりしていた。その間にも弔問客は切れ目なく訪れ、八重は頭を下げ続けた。ゆっくり悲しみに浸る暇もなかった。

「おっ義母さん、食べて」

おみちが握り飯を拵えて持って来た。

「何も食べたくないよ」

八重はすげなく応えた。

「駄目よ。食べないと倒れてしまう。おっ義母さんは喪主なんだから」

おみちは八重を心配する。

「喪主は大きい兄さんだよ。あたしは邪魔にならないようにしているから」

八重はさり気なくおみちに言った。

「兄さん、ろくにこの家に顔を出さなかったじゃない。そんな薄情な人が喪主だなんて」

おみちは不服そうに口を返した。

「それでも長男がてて親の弔いを取り仕切るのは筋だ。ましてあたしは継母だ」

八重は三右衛門の後添えに入って、まだ五年ほどしか経っていなかった。

「そんなことない。あたしはいっぺんだっておっ義母さんのこと、継母だなんて思ったことはないよ」

おみちの顔が上気していた。

「ありがとよ。おみちが傍にいてくれるんで、あたしは心強いよ」

腹を痛めた娘ではないが八重はおみちと実の親子のように暮らしていた。あまり仲がいいので三右衛門がやきもちを焼くほどだった。

十七歳になったおみちは、この頃、めっきり娘らしくなった。そろそろ嫁に出さなければならないと、三右衛門と話し合っていた矢先のことだった。

湯灌を済ませた三右衛門の遺骸は早桶に入れられ、家族だけで仮通夜を営んだ。

嫁に行っている長女と次女、それに長男、次男の嫁とその子供達は僧侶が読経を終えると一緒に帰ったが、三人の息子達は泊まることになった。早桶の傍で八重とおみちを含め五人の家族が寝るのだから、ひどく窮屈だった。

八重はおみちと一緒の蒲団だった。ろくに寝ていなかった八重は昼間の疲れもあり、横になると間もなく眠りに引き込まれた。息子達の鼾と歯ぎしりも、ほとんど気にならなかった。

何刻だったのだろうか。八重は妙な心地がして眼が覚めた。八重の頭の上の早桶の蓋が開いたように感じられたのだ。ぞっと膚が粟立った。

まさか、と思いつつ、自分に背を向けているおみちのうなじを見つめた。とても顔を上向けて早桶を見る勇気はなかった。おみちのうなじも細かく震えていた。おみちも八重と同じ気持ちでいたらしい。八重がそっと手を伸ばすと、おみちはたまらず八重の手をぎゅっと握った。

早桶から三右衛門が出た気配がした。うわあと叫びたいのを堪えていると、三右衛門は八重とおみちのちょうど真ん中に立ち、

「すまねェなあ。堪忍してくれよ」

と、囁くような声で言った。

八重は堅く眼を瞑ったままだった。それから三右衛門は息子達の方へ移動し、またそこでも何事かを囁いた。

「なんまんだぶ、なんまんだぶ」

誰が唱えているものやら、低い念仏の声がした。

やがて三右衛門は早桶の中に戻った。たん、という蓋が閉まる音が明瞭に聞こえた。

翌朝、息子達は口々に三右衛門の夢を見たと語った。八重はおみちと顔を見合わせた。あれは夢じゃないのよ、おみちはそう言いたいような顔をしていた。

その夜が本当の通夜だった。生前の三右衛門の人望を表すように弔問客は引きも切らなかった。梅の名所では花が咲いているというのに、富沢町界隈は冬に逆戻りしたような寒さに見舞われていた。だが、人いきれでむっとした家の中は汗ばむほどだった。八重は絶え間なく額の汗と眼の涙を手巾で拭っていた。

二

八重は三右衛門の後添えに入るまで母親のおしずと同じ町内の富沢町で小間物屋を営んでいた。

八重の父親は八重が三つの時に亡くなっている。父親は材木商だったが、両親は、正式な夫婦ではなかった。

おしずは連れ合いが亡くなると僅かな金を与えられたが、連れ合いの家からは今後のつき合いを拒否された。それからおしずは女手一つで八重を育ててくれたのだ。

八重は三右衛門と幼なじみで、年頃になると将来を誓う仲にもなった。ところが三右衛門の父親の反対でそれは叶わなかった。

三右衛門の父親はおしずのことが気に入らなかったらしい。妾をしていた女の娘を嫁にはできないという理由だった。三右衛門の父親の理屈もわからぬ訳ではなかったから、八重は三右衛門のことをきっぱりと諦めた。

三右衛門はその後、親戚の勧めでおとせという女と一緒になり、三男三女を上げた。とは言え、錺職人をしているだけでは子沢山の家を賄えない。おとせも内職をして家計を助けていた。夜なべをすることも珍しくなかったらしい。無理が祟り、おとせは労咳に倒れた。それはおみちが十一歳の頃だった。

同じ町内に住んでいるので、八重は三右衛門と顔を合わせることも少なくなかった。

「まだ嫁に行かねェのかい」

その度に三右衛門は心細い表情で訊いた。

三右衛門は自分がおとせと一緒になったために八重が婚期を逃したと責任を感じているようだった。

「ええ、まだよ。おっ母さんと暮らしている方が気楽だから。三ちゃん、あたしのことよりおかみさんを大事にしてあげて。あたし、今では何んとも思ってやしないからさ」

八重は明るく応えた。子供が六人もいるのだから、いつまでも昔のことに拘る必要はないのだと八重は思っていた。

おとせは三右衛門と子供達の看病の甲斐もなく四十二歳の若さで亡くなった。

おとせの四十九日が過ぎた頃、三右衛門はおみちを伴って八重の家を訪れた。四十九日には花屋から花を届けさせたので、その礼に訪れたのかと八重は思った。だが三右衛門は八重を女房にしたいと、おしずに頭を下げた。

突然のことにおしずは「三ちゃん、何を言うんだえ。八重に六人の子供の母親がつとまるものか」と呆れた声を上げた。

だが三右衛門は怯まなかった。おとせが死んだ今、誰に遠慮はいらない。子供達は一人前になって、家にいるのはこのおみちだけだ。何んとか家に入ってくれと執拗に縋った。

三右衛門は五十。八重は五つ下の四十五になっていた。自分のことを忘れていなかった三右衛門の気持ちが八重には嬉しかった。心が動いた。

「子供達は何んて言ってるの」

八重は父親に寄り添っているおみちに視線を向けて訊いた。三右衛門をまともに見ることはできなかった。

「親父の好きにしろってさ」

三右衛門はぶっきらぼうに応えた。

「おみっちゃんは、あたしが新しいおっ母さんになるの、いやじゃないの？」

そう訊くとおみちはこくりと肯き、少し笑った。

「でも、あたし、うちのおっ母さんを一人にできない」

八重はおしずを振り返って応えた。

「もちろん、お袋さんにも一緒に来て貰いてェと思っている。それがせめてものの罪滅ぼしでェ」

「いやだ、三ちゃん。罪滅ぼしって何さ」

おしずは笑い飛ばした。だが、その後で腰を折って咽び泣きした。おしずも嬉しかったのだろう。

おしずは八重と三右衛門が所帯を持つと安心したように翌年、亡くなった。同じ町内に住んでいるのだから、足腰の達者な内は世話にならないと意地を張り、とうとう三右衛門の家で同居することはなかった。

おしずが死に、そして三右衛門まで死んだ。

たった五年ほどの三右衛門との暮らしだった。八重はつくづく三右衛門との縁の薄さを痛感せずにはいられなかった。この先は、また小間物屋を開いて暮らし、おみちを嫁に出すことが八重の残された仕事だと思った。

無事に三右衛門の弔いを済ませ、初七日を迎えた日、子供達は富沢町の家に集まって来た。

三右衛門の着物はきょうだいで分け合い、錺職の道具も同じ商売をしている長男の芳太郎が引き取った。それには八重も異存はなかった。しかし、次に芳太郎が口を開いた内容に八重は驚いた。

「まあ、おっ義母さんには親父のことで世話になった。おれからも礼を言うよ。この先はのんびり暮らしてほしいと言いてェところだが、仏壇をよ、どうしようかと思って」

芳太郎は開口一番そう言った。

「どうするって、おっ義母さんが菩提を弔うから、別に兄さんが心配しなくてもいいじゃない」

おみちが口を挟んだ。

「手前ェは黙ってろ」

芳太郎は荒い言葉でおみちを制した。八重は目顔でおみちに肯いた。

「おれァ、この家の総領だ。おれが仏壇の世話をするぜ。死んだお袋の位牌も収まっていることだし」

「芳太郎さんがそう言うならお任せしますよ」

八重は素直に応えた。

「そ、そうけェ。ところが、あいにくこちとら狭ェ裏店暮らしでよう、そのう、仏壇の置き場所もねェのよ。それでだ、おれがこの家に住むってのはどうだろう」

突然のことに八重は返答に窮し、二、三度、眼をしばたたいた。芳太郎には女房と三人の子供がいた。富沢町の家は二階つきの一軒家だが、階下は六畳と三畳の部屋、二階は六畳の部屋が一つあるきりだ。そこへ五人が押し掛けるとなると、八重とおみちの居場所がないような気がした。最初から一緒に住んでいたのなら、それなりに暮らし方もあっただろうが、こう突然に話をされては面喰らう。

「この家は狭いですから……」

八重は低い声で言った。

「お義父っつぁんの家を独り占めする気？」

芳太郎の女房のおてつが甲高い声を上げた。

「そうは言ってませんよ。家にはまだおみちがいるし、おみちを無事に嫁に出すまで、もう少しそっとして置いて下さいな」

八重はそう言ってから芳太郎の意図に気づいた。芳太郎は八重に出て行ってほしいのだ。

そっと他の子供達の様子を窺うと、芳太郎に言いくるめられたのか、皆、同様の表情で八重を見ていた。

「おみちと一緒なら別にここでなくてもいいじゃない。それこそ裏店でも……兄さんが裏店住まいで継母がこの家でがんばっているというのも変な話だし」

長女のおせつが口を挟むと次女のおゆりも肯いた。おせつの継母という言葉は八重の胸を抉った。次男の半次郎と三男の利三郎は何も言わず様子を見ているだけだった。

「おっ義母さんに出て行けって言いたい訳？」

見かねておみちが言った。つかの間、きょうだいは黙った。「生さぬ仲」という言葉が今さらながら八重の脳裏を掠めた。

「そりゃあ、お父っつぁんの死水を取ってくれたのは、あたし等もありがたいと思っていますよ。でも、それとこれとは別だ。お願い、兄さんにこの家を返してやって」

次女のおゆりはそう言って涙ぐんだ。他のきょうだいもそれにつられるように眼を拭った。

「あたしはいや。この家に残る」

おみちは毅然として言った。

「それは薄情でしょう、おみっちゃん。あんたは一番おっ義母さんに可愛がられたのだもの、おっ義母さんに孝行しなきゃ」

おてつは勝ち誇ったように言う。

「他人が余計なことを言わないで。あんたなんて大嫌い！」

おみちが叫ぶと芳太郎の平手が飛んだ。おみちは八重の膝に縋って泣いた。

「芳太郎さん。裏店に引っ越せと急に言われても、引っ越し代だの、家賃だのと、色々もの入りだ。それをどう工面しろと言うんですか」

八重は切り口上で言った。

「金がねェってか？」

「ええ」

「おかしいなあ。小間物屋の婆さんの家を売った金があるだろうが」

芳太郎は訳知り顔で言う。

「そんな！」

「寺に預けてあるんだろ？　おれ達、あの時、幾らか貰えるかと期待していたんだが、さっぱりその様子もなかった。ま、おっ義母さんがこの家に来て、まだ一年ほどしか経っていなかったから、継子に財産分けする気持ちがねェのも、もっともなことだ。だったら、この度も同じことでェ。他人のあんたは、さっさと出てってくれ」

芳太郎は吐き捨てるように言った。おしずの家を売った金を檀那寺に預けたのは事実だった。何年か経てば、寺はその金に利子をつけて返してくれる。いずれ家族のために少しずつ遣うつもりだった。だが、当の子供達はまとまった金を貰えると期待していたらしい。八重は嚙み合わないものを感じた。

ここで四の五の言っても始まらなかった。

子供達と三右衛門は血が繫がっている。残された財産をきょうだいで分け合うのも当然だ。八重はその時、家を出ることを決心したのだった。

三

富沢町の近くに住むのはいやだった。芳太郎も継母が近所をうろちょろするのを見たくないはずだ。八重はそう考えると、おみちと二人で住まいを探し始めた。本当は四十九日が済むまで女房は外へ出るものではないのだが、そんなことも言っていられなかった。

近所の人間もさり気なく窘めたが、八重が事情を話すと「大変だねえ」と同情してくれた。家探しも近所の勧めで決めたようなものだった。

そこは堀江町の裏通りの仕舞屋だった。裏店並の家賃でいいという。小間物屋を開くつもりでいた八重にも好都合の物件だった。

新しい家には四十九日を過ぎてから入るつもりだった。ところが二月の晦日近くに、芳太郎の一家がガラガラと大八車を引いてやって来てしまった。それには、さすがに八重も呆れた。

「芳太郎さん、こっちはまだ後始末をしていないのですよ」

ちくりと文句を言うと、芳太郎は三月分の家賃を払うのが馬鹿らしいので、ひと足先にやって来たと、しゃらりと応えた。

それからの四日間が八重にとっては地獄だった。今までの静かな暮らしが、ものの見事に引っ繰り返されてしまった。

芳太郎の子供達は八歳の男の子を頭に六歳の次男、四歳の長女の三人だが、三人ともまだ聞き分けがなく、仏壇に供えていた落雁をくすねるわ、泥だらけの足で部屋の中を歩き回るわ、派手なきょうだい喧嘩はするわで大変だった。

おてつは子供達が騒いでも、ろくに注意もせず、腕枕をして横になったきりだ。お蔭で八重は雑巾を片手にそこら辺を拭き掃除したり、喧嘩をする子供達を宥めたりして気の休まる暇もなかった。

時分になれば食事の仕度もしなければならない。その時でもおてつは手を出そうとしなかった。八重とおみちの作る食事を芳太郎の家族は平気な顔で食べる。後片づけは、さすがに自分がするとおてつは言ったが、おみちが「いいですよ。義姉さんは座っていて」と応えると本当に何もしなかった。それどころか、上げ膳据え膳は極楽だとまで言う。八重はおみちと顔を見合わせ、心から呆れた。

八重は三畳の部屋でおみちと寝たが、一刻も早く引っ越ししようと話し合った。近所の大工が大八車を引いてやって来た時は、八重もおみちも疲労困憊という態だった。

僅かな所帯道具を運ぶ時も、おてつはおざなりに箒でそこら辺を掃くだけだった。その夜は自分が晩飯の仕度をしなければならないので大儀だと憂鬱そうな顔までした。

「おっ義母さん、今夜は何にしたらいいのでしょうねえ」

おてつは大八車に縄を掛けるのを手伝っている八重に訊く。

「知りませんよ。おてつさんのお好きな物を拵えて下さいな」

八重は怒りを押し殺して応えた。

「どうせなら、うちの人が帰ってから向こうに行ったらどうですか」

そんなことまで言う。最後の最後まで八重の手を煩わせる魂胆をしていた。

「いいえ。向こうのお蕎麦屋さんに近所へ配るお蕎麦を頼んでいるんですよ。ですから」

「あら、お蕎麦。いいですねえ。うちの分はないんですか。うちの人も子供達もお蕎麦は大好きなんですよ」

「あいにくですけど、堀江町からここまで届ける内に伸びてしまいますよ。ごめんなさいね」

八重はやんわりと断った。おてつは、ぷんと頰を膨らませて家の中に戻った。

「あら、お米もない。米櫃を空にするなんて呆れた話だ」

おてつは外に聞こえるように大袈裟な声を上げた。

「おっ義母さん、ほっときましょう」

おみちは心配顔の八重に言った。

「そいじゃ、行きやすかい？」

大工をしている留吉はそう言って、大八車の梶棒を握り、ぐっと引いた。八重とおみちは大八車の両側から荷物を支えながら堀江町に向かった。

「親方が死んで、まだ幾らも経っていねェってのに家からおん出されるなんざ、おかみさんも気の毒だ」

留吉は歩きながら言う。留吉は八重の引っ越しを手伝うために、わざわざ仕事を早引けしてくれたのだ。もちろん、八重はそれ相当の礼をしようと心積もりしていた。

「留さん、それはもういいの。所詮、あたしは継母だから」

「人は難しいもんだなあ。実の母親が死んで、その後に新しいおっ母さんが来たらよう、その人をおっ母さんだと思って孝行するのが当たり前だとおれァ思うんだが、そう思えない奴もいるってことだな」

留吉は独り言のように続けた。

「あたしも実はそう思っていましたよ。人はもっと簡単なものだと。甘かったんでしょうね。でも、おみちが傍にいてくれるから、もういいの」

八重はさばさばした口調で言った。

「兄さんの子供達、憎たらしいから引っぱたいてやりたかった。でも、そんなことしたら、義姉さん、きっと眼を吊り上げて怒ったわね。兄さん、どうしてあんな人と一緒になったのかしら」

おみちはため息交じりに言った。

「そりゃあ、男と女の仲だ。他人にゃわからねェよ」

留吉は訳知り顔で応えた。

「赤ん坊の時から面倒を見ていたら、それほどうるさいとは感じないのでしょうけど、芳太郎さんもおてつさんも富沢町には滅多(めった)に来なかったから、子供達もいつの間にか大きくなったような気がして、どう扱ったらいいのかわからなかった。叱る訳にもいかないし、叩く訳にもいかないし」

孫達に愛情を感じない自分を八重は寂しく思った。八重が三右衛門と一緒になってから芳太郎一家が富沢町に顔を出すのは正月とお盆ぐらいのものだった。もっとも三右衛門は孫の顔を見に時々は芳太郎の家を訪れていたようだが。

「ねえ、おっ義母さん。お父っつぁんが仮通夜の晩にすまねェなあって言ったのは、こうなることがわかっていたのかしら」

おみちは、ふと思い出して言う。

「さあ……」

「何んでェ、それ」

留吉は怪訝な顔で後ろを振り返った。

「小父さん。うちのお父っつぁん、仮通夜の時、早桶の蓋を開けて出て来たのよ」

おみちは、あの夜のでき事を語った。留吉は「うへェ」と素っ頓狂な悲鳴を上げた。

「およし。留さんが怖がっているじゃないか」

八重はおみちを制した。

「だって、本当のことだもの。兄さん達だって覚えているはずよ」

「親方は、おかみさんとおみっちゃんが気掛かりだったんだよ。だが、鳥肌が立ったわな」

　留吉はぶるっと身体を震わせた。

　三人は杉ノ森新道を通り、和国橋を渡って堀江町に入った。和国橋の下の堀は日本橋川から続いており、堀江町一丁目で堀留になっていた。八重とおみちの住まいは堀江町二丁目の裏通りにあった。そこから南へ行けば照降町になり、存外に賑やかな界隈だった。

　これから住む家に着くと、近所の人間はもの珍し気に近づき、荷物を運ぶのを気軽に手伝ってくれた。

　家の左隣りは豆腐屋、右隣りは年寄り夫婦が住んでいる。向かいは右から畳屋、煮売り屋、葉茶屋だった。引っ越し蕎麦は慣例通り、向こう三軒、両隣りに配ろうと心積もりしていた。住まいは二階こそついていなかったが、土間が広く、店座敷の他に六畳の茶の間、さらに奥にも六畳間がある。茶の間の横には台所があり、煙抜きの窓は通りに面しているので明るかった。

「へえ、よさそうな家じゃねェか」

　留吉はお愛想でもなく言った。

「この板の間はちょいと根太が弛んでいるようだ。近い内に手直ししてやるよ」

留吉は台所の板の間を足踏みして続けた。

「ありがとうございます。手間賃はちゃんと取って下さいね。留さんは、いつもいいよ、いいよだから」

八重は念を押した。荷物を収めると、家から半町先にある蕎麦屋から蕎麦が届けられた。

留吉に蕎麦と酒を出して留守番させ、八重とおみちは近所に挨拶に行った。どこも恐縮して、こちらこそよろしくと言ってくれた。

挨拶を済ませて家に戻り、さてこれから自分達も蕎麦を食べようとした時、表の油障子ががらりと開き、体格のよい四十がらみの女が現れた。

「おい、おれは山本屋の隣りに住んでいるもんだが、おかみさん、おれに挨拶はないのかえ」

仁王立ちになって八重を睨んだ。恐ろしい剣幕だった。山本屋は向かいの葉茶屋のことだった。

「申し訳ありません。ご挨拶が遅れまして」

八重は慌てて自分の蕎麦と蕎麦つゆの入った徳利を差し出した。

「近頃は礼儀を知らない奴が多くて困りものだ。気をつけておくれよ」

女は勝ち誇ったように言う。髪をぐるぐるの櫛巻きにしているのは髪を結う手間を惜しんでいるためだろう。そのくせ、紺の着物の襟には首の垢がつかないように手拭いを挟み込み、酒屋か八百屋が使うような丈夫な藍染めの前垂れを締めていた。前垂れはしょっちゅう洗濯をしているせいで所々、白っぽくなっていた。赤黒い顔は頬がはちきれそうなほど肉がついている。体格も並の女よりはるかにいい。女丈夫とは、その女のことを指すような言葉に思えた。

「おたく様のお名前を教えて下さいまし」

八重は笑顔を取り繕って訊いた。

「おれか? おれは名なしの権兵衛さ」

女は野太い声で笑うと出て行った。

「な、何、あれ」

おみちは驚いた顔で言う。

「知らないよ」

八重はため息交じりに応えた。蕎麦に手をつける前でよかったとほっとしていた。

「うちの大家さん、堀江町にはちょいと厄介な女がいるって言ってたが、あれのことだったのか」

留吉は得心した顔で口を挟んだ。

「留さん。それじゃ、あの人のことは最初(はな)っから知っていたのかえ」

八重は詰(なじ)るように言った。

「あ、ああ。近所じゃ有名らしい。あの女のために引っ越して行った者も多いそうだ」

「そんな……」

八重は二の句が継げなかった。

「だからここの家賃も安かったんだろうよ」

「もう……義姉さんの顔を見なくて済むと思ったら、今度はあの女。全く、どこに行っても悩みの種(たね)は尽きないのね」

おみちは心底気落ちした様子で言った。

「ま、あの女にゃ、あまり拘(かかわ)らねェ方が身のためだ。なに、大したことはねェって。命まで取られることもねェわな」

留吉は他人事(ひとごと)だと思って勝手なことしか言わなかった。

蕎麦を食べ終え、酒にほろりと酔った留吉は、ほどなく帰って行った。帰りしなに八重が祝儀袋を握らせると「そんなつもりはねェ」と遠慮した。

「留さん、ほんの気持ちだから。大八車を借りて来て貰ったし、早引けさせたから」

八重は無理に押しつけた。留吉は、最後には「却って余計な気を遣わせたな」と言って祝儀袋を受け取ってくれた。

留吉を見送ると八重は山本屋の隣りの家に視線を向けた。立ち腐れたような二階家があった。枯れ木ばかりの植木鉢が家の前に放置されている。そればかりでなく、がらくたの類が山本屋の前まで積み上げられていた。客商売の山本屋はさぞかし迷惑なことだろう。八重がため息をついた時、山本屋のおかみが洗った蕎麦の笊と蕎麦徳利を携えて出て来た。

「さきほどはご馳走様でした」

おかみのお桑は、あの女とさほど違いのない四十代の女だった。丁寧に礼を言った。

「いえいえ、ところでおかみさん……」

八重は心持ち声音を弱めて隣りの女のことを訊ねた。するとお桑は途端に笑顔を消した。

「いいですか、お八重さん。相手にしちゃ駄目ですよ。むきになったらこっちの負けだから」

そんなことを言う。女はお熊（くま）という名だった。何んでも病（やまい）の息子と二人暮らしらしい。終始怒鳴り散らしているので近所の鼻摘（つ）まみ者だそうだ。

「それほど大変な人ですか」

「ええ、そりゃあもう。あの人のために引っ越して行った人は数え切れませんよ」

お桑は留吉が喋（しゃべ）ったことと同様のことを言った。

「でも。おかみさんはがんばってここに住んでいるのですね」

「当たり前ですよ。山本屋はここで四十年も商売をしているんです。どうして先祖代々の店をあの人のために捨てられましょうか」

お桑は憤（いきどお）った声で言った。その時、二階のもの干し台からお熊の怒鳴り声が聞こえた。

「またおれの悪口を触れ回っているな。はん、おれが何をした！　この女狐（めぎつね）め」

言いながら、干している蒲団を蒲団叩きでばしばし叩く。

「お八重さん。それじゃ、あたしはこれで」

お桑はそそくさと店の中へ戻った。お熊はやけのように蒲団叩きを続けた。その音は堀江町の通りへ耳障りに響いた。

「呆れたか？　呆れたんなら早く出て行け。おれも清々すらァ」

お熊は踵を返した八重の背中に覆い被せた。

もう夕方だというのに、そうして蒲団叩きをするのは嫌がらせ以外の何ものでもなかった。来た早々、これだ。八重は油障子を閉めると、やり切れない吐息をついた。

四

翌朝、八重が雨戸を外して表に出ると、お熊の家の土間口前に蕎麦の笊と徳利が無造作に放り出されていた。礼儀を知らないのはどっちだと、八重は心底腹が立った。笊は洗った様子もなく、笊の目に干からびた蕎麦がくっついていた。八重は笊と徳利を家の台所に運ぶと、奥歯を嚙み締めて束子で洗った。

「どうしたの、おっ義母さん」

おみちは八重の様子を心配して訊いた。

「あの女、蕎麦の笊と徳利を表に放り出していたよ。あんな女、見たこともない。それに比べりゃ、おてつさんなんて可愛いものだ」

「義姉さんと比べても始まらない。ねえ、どうする？　またどこかよそへ引っ越す？」

おみちは八重を上目遣い(うわめづか)に見ながら訊く。

「そうだねえ……」

思案する八重の耳に、また蒲団叩きの音が聞こえた。

「やかましいわ。毎日毎日、何んだってんだ。いい加減にしろ」

通り掛かった男がお熊に文句をつけたようだ。八重は手を止め、耳をそばだてた。

「おれが何をしようとおれの勝手だ。他人にとやかく言われる筋合はない」

お熊は口を返す。おみちと八重は煙抜きの窓を細めに開け、そっと外の様子を窺った。着物の裾(すそ)をたくし上げた男がもの干し台のお熊を睨んでいた。

「こんちくしょう！」

男は道端の石を拾ってお熊に投げつけた。

お熊はそれを待っていたかのように傍に置いていた水桶を取り上げ、男に向かってざばっと振り撒(ま)いた。男は気の毒に濡れ鼠(ねずみ)となった。悲鳴を上げた男に、お熊は愉快そうに笑った。腹立ち紛(まぎ)れに、男はお熊の家の前のがらくたを足で蹴り飛ばした。空(あ)き樽(だる)だの、みかん箱だの、古いもの干し竿(ざお)だのが路上に散乱した。

「おう、もっとやれやれ。皆さーん、頭のおかしい男が暴れているよう。岡(おか)っ引(ぴ)きの親分、何んとかしておくれよう」

一町先まで聞こえようという大声を出す。

すると堀江町一丁目と二丁目の辻にある自身番から土地の岡っ引きらしいのが子分と一緒に本当に現れた。

「構うなと言ったろうが」

唐桟縞(とうざんじま)の羽織に対(つい)の着物を尻端折(しりっぱしょ)りし、紺の股引(ももひき)を見せた岡っ引きはうんざりした表情で男に言った。

「ですが親分、あんまりですぜ。見て下せェ、水をぶっ掛けやがった」

「わかった、わかった」

岡っ引きは男の肩を叩いて宥めた。

「風邪引くぜ。早く着替えな」

岡っ引きは男にそう言ったが、お熊には一言の言葉も掛けない。男がようやくその場を離れようとした時、

「うちの前を散らかしっ放しにするつもりか」

と、お熊の声が降った。男はぐっと睨んだが、そのまま行ってしまった。

「おい、若いの。お前ェが片づけな。町内の揉め事を収めるのはお前ェ達の仕事だろ？」

お熊は舌打ちして子分に言う。子分は面喰らった様子で岡っ引きの顔を見た。岡っ引きは顎をしゃくった。子分は仕方なく、がらくたを元の位置に収めた。お熊は小気味よさそうに身体で調子を取りながら蒲団叩きを続けた。

「不思議ね。あの女には親分も文句を言わないのね。揉め事はあの女が起こしているというのに」

おみちは腑に落ちない様子だった。

「親分もようやく心得ているのさ。下手に逆らうと大変なことになるって」

笊を洗い上げ、布巾で拭きながら八重は応えた。

「何かおもしろくなって来た」

おみちは驚きと恐ろしさがなくなると、お熊に対して好奇心を覚えたようだ。

「人が悪いよ」

八重はさり気なく窘めた。

「近所を敵に回して、あの女はこれからどうするつもりかしら。こんなこと、長く続くはずがないじゃないの。それでも意地になって人のいやがることをしている。ああ、世の中ね」

「何か事情があるんだよ。あの人があんなふうになったのは」

八重は茶の間の長火鉢の前に座って茶を淹(い)れる用意を始めた。

「おっ義母さん、訳を知りたい？」

おみちも後を追い掛けるようにやって来て長火鉢の猫板(ねこいた)の前に座った。

「そりゃあね。事情がわかれば納得することもあるとは思うが、でも、どうだろう」

事情がわかってもお熊の行為を納得できるとは思えなかった。

「あたし、とっても気になる。どうしてあんな女ができ上がるのか」

「岡っ引きの親分も言っていただろ？　構うなって。下手をすりゃ、こちらがまた出て行かなきゃならない羽目(はめ)になる」

「それならそれでいいじゃない。どうせ富沢町には帰れないんだし。だったらどこで暮らしても一緒よ。せっかく堀江町に来たのだもの、せいぜい世の中の勉強をさせて貰うつもり」

「生意気な口を利く」

八重は苦笑交じりに言っておみちの顔を見つめた。三右衛門譲りの濃いくっきりとした眉、嬉しいことがあると輝く眼、丸い鼻、少し大き目の口。美人とは言い難かったが、匂うような若さが感じられる。三右衛門は自分におみちを残してくれたと、しみじみ思う。

「義姉さん、仏壇のお世話、ちゃんとしてくれるかしら」

「月命日には富沢町にお線香上げに行くから、さほど心配することはないよ」

おみちはふと思い出したように言った。

「そうねえ」

「ささ、朝ごはんにしようか」

お熊に気を取られて朝飯がすっかり遅くなってしまった。

「ええ。お腹空いた。ねえ、おっ義母さん、お店はいつ開くの？」

「ごはん食べたら、京橋の小間物問屋へ顔を出してくるよ」

以前から取り引きのあった小間物問屋である。親身に相談に乗ってくれるはずだ。

「暖簾(のれん)も作らなきゃね」

おみちは眼を輝かす。

「そうだねえ」

「屋号は、やっぱり富屋(とみや)？」

おみちは富沢町の店の名を覚えていた。

「ああ」

八重は満面の笑みでおみちに応えた。

朝飯を済ませると、八重はおみちに留守番させ、京橋の小間物問屋「紅屋(べにや)」へ向かった。

昔から世話になっていた番頭は三右衛門の悔やみを気の毒そうに述べたが、八重がまた小間物商売を始めたい旨(むね)を伝えると大層喜び、あれこれと助言してくれた。さっそく翌日には品物を運ばせる手はずを調(ととの)えた。そればかりでなく、八重が三両ほど手金(てきん)を打つと、後の支払いはお盆でいいと番頭は鷹揚(おうよう)に応えた。

五年ほど商売を離れている間に流行も変わり、八重が目にしたことのない化粧の品も多かった。八重は昔から女達に重宝されているへちま水、白粉、値の張らない紅を揃え、その他に、ちり紙、糸、針、小さな握り鋏、安簪、黄楊の櫛、湯屋で使う糠袋、へちま、手拭い等を注文した。

小間物の一つ一つの儲けは薄いが、腐る物ではないので、ある程度品物を揃えておけば、後は客を待つだけだ。

暖簾も新調しようと思ったが、おしずの柳行李の中には富屋の暖簾が大事に残してあった。火のしを当てると、まだまだ十分に使える。余計な費えが減ったと八重とおみちは喜んだ。

その日は店を開くため、二人は掃除に追われた。住まいは三年ほど空き家になっていたので、かなり埃が溜まっていた。柱を雑巾掛けすると埃なのか煤なのか雑巾は真っ黒になった。手拭いで姉さん被りをしていたが、掃除を終えた頃は二人とも湯屋に行かなければならない状態だった。

八重は水桶の汚れた水を捨てると、家の中のおみちに「お前、先に湯屋へ行っといで」と声を掛けた。

「一人で行くのいや」

おみちはぶっきらぼうに応えた。富沢町にいた頃は、いつも八重と二人で湯屋に行っていた。まして初めての湯屋となればおみちが気後れを覚えるのも無理はない。

「そんなこと言ってもね、この家はあたしとお前しかいないのだよ。誰か留守番をしなきゃ物騒じゃないか」

「それでもいや」

おみちは頑固な娘である。一度決めたら梃子でも自分の意見を曲げない。

「困ったねえ」

八重はため息をついた。その時、お熊がもの干し台から怒鳴るように声を掛けた。

「留守番なんざ、いらないよ。この通りはおれが睨みを利かせているから、こそ泥が入る隙もねェわな」

「本当ですか」

思わず親し気な声で八重は訊いた。

「ただし、夜中は知らねェよ。夜中はおれだって白河夜船だわな」

「それではお言葉に甘えて一緒に行って来ますよ。恩に着ます、お熊さん」

「なあに。昨日の蕎麦の礼だわな。倅がうまいと言って喰ったよ」

「さようですか。お熊さんは息子さんの看病で大変だそうですね」

八重はつい、調子に乗ったらしい。お熊の表情ががらりと変わった。

「そんなこたァ、手前ェに四の五の言われたくねェわな。余計なことを喋る婆ァだ」

婆ァ呼ばわりされてしまった。鼻白んだ八重は黙って家の中に入り、湯屋の仕度を始めた。

「だから、あの人に構うなって言われていたでしょう?」

おみちはそれ見たことかと言った。

「お前が一人で行くのはいやだと駄々を捏ねたからじゃないか」

お熊の影響で八重のもの言いも小意地悪くなった。

「もう、人のせいにするんだから」

おみちは呆れた声を上げた。

五

近所の湯屋は堀江町の表通りにある「鶴の湯」だった。大きく、大層立派な構えの湯屋だった。八重とおみちはゆっくり湯舟に浸かり、掃除の疲れを取った。

湯屋から出ると、その夜は近所の煮売り屋からお菜を買って晩飯を簡単にしようと二人で話し合った。

「おっ義母さん、この小路を入れば、家の前に出られるんじゃない？」

おみちは帰り道の途中で、ふと立ち止まった。おみちが指差した小路は鶴の湯から親父橋に向けて少し歩いた商家の間にあった。その通りは人が出入りしている様子もあった。

道筋をまだ呑み込んでいない二人は通りを大回りして鶴の湯まで来た。もしも住まいのある裏通りに通じているのなら、大層近道になる。だが八重は不安だった。

「大丈夫かえ。迷わないかえ」

八重は方向音痴の気味があった。

「大丈夫よ。ほら、山本屋の屋根も見える」

渋る八重に構わず、おみちは小路に足を踏み入れた。小路の両側は商家の壁となっている。壁の下方に赤い鳥居の印が幾つもついていた。こっそり立ち小便をする者がいるらしい。

小路は途中から曲がり角になった。その曲がり角で、おみちは唐突に歩みを止めた。

「どうしたんだえ」

八重は怪訝な思いで訊いた。

「ここ、あの女の家の庭に面しているのね」

おみちの言葉に八重もそちらへ視線を向けた。立ち腐れたような低い塀の向こうに狭い庭があり、縁側が見えた。

縁側の障子は開け放たれ、二十歳ほどの若い男が画帖（がちょう）らしいものを拡げ、熱心に庭の草花を写生していた。男の後ろに敷きのべた蒲団が見えた。もの干し台ではお熊の蒲団叩きの音が響いているのに、男は意に介するふうもなかった。

男は寝巻きの上にどてらを羽織っていた。

髪がきれいに撫（な）でつけられている。それがお熊の息子なのだろう。八重が驚いたのは、その息子がちっともお熊に似ていなかったせいだ。陽に灼（や）けることのない膚（はだ）は抜け上がったように白く見えた。おまけに結構な男前だった。

「あの人、息子かしら……」

おみちは独り言のように呟（つぶや）いた。その声に気づいて若い男はこちらを向いた。

おみちはこくりと頭を下げた。男もおずおずとそれに応える。

「あたし達、向かいに越して来たものです。みちと言います。こっちはあたしのおっ義母さん。二人で湯屋へ行って来たのよ」

「はあ……」

手ごたえのない言葉が返って来た。

「早くお元気になるといいですね」

八重も言葉を掛けた。蒲団叩きの音が止まった。お熊が気づいたらしい。

「行くよ」

八重はおみちを急(せ)かした。見つかったら、また何を言われるか知れたものではない。

「さようなら。あんたのおっ母さんは怖いから、さっさと退散するね」

おみちは冗談交じりに言った。男はくすりと笑った。

小路は山本屋の裏手から煮売り屋の横に通じていた。

「おっ義母さん、ここを通れば鶴の湯さんへ近道できるね」

おみちの声が弾(はず)んでいた。八重は妙な気持ちになった。もしやおみちはお熊の息子に一目惚(ひとめぼ)れしたのではないかと思ったのだ。だが、それは口にしなかった。

おみちが臍を曲げることはわかっている。

　煮売り屋から買った座禅豆と煮しめをお菜に二人は晩飯を食べた。蒲団叩きの音も、お熊の怒鳴り声も止んだ。だから、春の夜はなおさら静かに感じられた。三右衛門の商売はうまく行くだろうか。おみちを無事に嫁に出せるだろうか。

他の子供達はうまく暮らして行けるだろうか。

　八重は行灯を引き寄せ、縫い物をしながら思案した。老眼の眼は針の穴に糸を通すのが厄介だ。

「もう、貸しなさい」

　おみちは邪険に八重の手から糸と針を取り上げると、苦もなく糸を通した。

「ありがとよ。ねえ、おみち。早くお前をお嫁さんにほしいという人が現れるといいねえ」

　そう言うと「何よ、藪から棒に」と、おみちは苦笑した。

「あたし、まだお嫁に行かない。おっ義母さんが心配だもの」

「そんなこと言って……あたしのことはいいよ。所詮、継母なんだし」

「おっ義母さん、二度とそんなことは言わないで」

　おみちは怒った表情でぴしりと制した。

おてつが堀江町にやって来たのは、八重とおみちが紅屋から届けられた荷の整理をしていた翌日の午前中のことだった。

「あら、いい家じゃないですか。これなら気持ちよく住めるというものだ」

おてつはお愛想を言った。どうやら堀江町の様子を見に来たらしい。それは芳太郎の差し金だろうかと八重は思った。

「お蔭様で。これからおみちと二人で商売をしなけりゃならないので、昨日は掃除で大変だったんだよ」

八重は手を動かしながら言う。おてつを茶の間に上げて茶を振る舞う暇もなかった。おてつは所在なげに土間口の傍に置いてある床几に腰を下ろした。

「声を掛けてくれたら手伝いましたよ」

「ありがとよ。でも、あらかた済んだから、おてつさんの手を煩わすほどのこともありませんよ。だが、今日はこの通り忙しいもので、お茶も出せませんけど」

八重はすまなそうにおてつに言った。

「いいえ。お茶なんて結構ですよ」

おてつは慌てて応えたが、何やら浮かない表情でもあった。

「何かあったのかえ」

八重はちり紙を出し終えるとおてつに訊いた。

「ええ、ちょっと……」

「何んだえ」

「お寺のお坊さん、ひと廻り（一週間）ごとにやって来るんですよ」

「そりゃそうだよ。四十九日まで七日置きにお経を唱えて貰うのが世間の仕来たりだ。でも、それが済めば、後は月命日だけになる。もう少しの辛抱だよ」

おてつは寺の僧侶が来るのが煩わしいらしい。

おてつの気持ちを汲んで八重は慰めた。

「でも、来る度にお布施がいるので……」

「だって、芳太郎さんは仏壇の世話をするって言ったじゃないか。そのためにあたし等を引っ越しさせたんだろ？　それなら少々の掛かりは仕方がないじゃないか」

八重は段々、腹が立ってきた。おてつは八重に無心をしたい様子だった。

「うちの人が少し都合して貰って来いって」

おずおずと言った時、八重よりもおみちの怒りが爆発した。

「勝手な人達。おっ義母さんとあたしを追い出して、まだ足りないらしい。引っ越し代やら、家賃やら、店の仕入れやらで、おっ義母さんはずい分、お金が掛かったのよ」

「わかっていますよ。だけど、うちは本当に困っているので」

「おかしいじゃない。昨日は晦日よ。兄さん、お足が入ったでしょうに」

「だけど足りないんですよ。お義父っつぁんが生きていた頃は、毎月助(す)けて貰っていたからよかったものの」

そうか。三右衛門は八重に内緒で芳太郎一家に援助していたのだと気づいた。だが、この先、三右衛門と同じことを八重ができる訳もなかった。

「気の毒だけど、うちの人は死んじまったんだ。前とは事情が違う。おてつさんも了簡(りょうけん)して、やり繰りして下さいな」

八重はおてつを諭(さと)すように言った。おてつは、むっとして床几から立ち上がった。

「倅夫婦が困っているというのに知らん顔するつもりなんだね。血は繋がっていなくても、うちの人はあんたの倅じゃないか」

「最初に他人呼ばわりしたのはどこの誰さ」

おみちが悔（くや）しさのあまり悲鳴のように叫んだ。おてつも負けずに声を張り上げた。

「ああ、わかった。ようくわかりましたよ。こんな薄情な人とは今の今まで知らなかった。大金を無心しようと言うんじゃない。お坊さんのお布施をちょいと何してくれって言ったのが、それほど気に入らないことなんでしょうかね。亭主の供養をするのは女房のつとめなのに」

おてつは矛盾（むじゅん）する話をだらだらと続けた。

八重はもう、返事をする気もなかった。黙って小間物の整理を続けた。

おてつは無視されたことで頭に血を昇らせ、いきなり八重の前にあった行李を土間口に放り出した。

「何するんですか」

さすがに八重の声が尖（とが）った。おてつは怯むことなく、せっかく並べた品物を摑（つか）んでは外に投げた。

「義姉さん、やめて！」

おみちは裸足（はだし）のまま土間に下りておてつを止めた。おてつはおみちの頬を力任せに張った。八重はどうしてよいかわからず途方に暮れた。

その時、竹箒を持ったお熊が現れ、おてつを加減もなく竹箒で打ち据えた。

「このあま、黙って見ていりゃ、やりたい放題だ。とっとと帰りやがれ」

「何するんだ、この鬼！」

「鬼はどっちだ。手前ェ、嫁だろ？　恥ずかし気もなく姑に無心して、それを断られりゃ大暴れだ。親はどんな育て方をしたもんだか」

おてつは性懲りもなくお熊に歯向かったが、まるで勝負にならなかった。悪態をつきながらようやく帰って行った。

「おかみさん、清々しただろ？」

お熊は自慢気に、にッと笑った。

「お蔭様で……」

そうは応えたが、ちり紙は半分以上が使い物にならなくなった。八重は情けない顔で散乱した品物を掻き集めた。

「ちり紙、安く引き取るよ。後架（トイレ）の落とし紙に使うよ」

お熊はそう言った。八重は土で所々汚れたちり紙をお熊に押しつけた。

「貰って下さいな。ほんのお礼ですよ」

「そ、そうかい。ありがたいよ。また、あいつが来たら追い払ってやるわな」

お熊はちり紙の二十束ほども抱えて嬉しそうに戻った。

「いいの？」

おみちが心配そうに訊く。

「ああ、いいんだよ。どうせ売り物にならないし、あの人が出て来なきゃ、おてつさんはもっと狼藉を働いただろう」

「それもそうね」

「でもこれで月命日には富沢町に行けなくなっちまったねえ。四十九日には仏壇にそれなりの物を供えてやるつもりだったのに」

八重は短い吐息をついた。

「義姉さん、お向かいの人と、さして変わりはなかったのね。でも、勝負は義姉さんの負けね」

「勝ちも負けもありゃしないよ。だけど困ったねえ、お父っつぁんの供養ができないよ」

「お寺のお坊さんに相談してみたら？　ううん、月命日にはお寺に行ってお経を唱えて貰いましょうよ」

「そうだねえ」

浅草まで出向くのは骨だが、仕方がなかった。

「兄さん、一生懸命働いて、それでも足りないなんて」

おみちは呆れたように言う。

「今までお父っつぁんが助けていたから、すっかり当てにする癖がついていたのさ。だが、これからはそうも行かない。何んとかやるだろうよ。子供達を日干しにもできないだろうし」

屈んで品物を掻き集めると、八重は腰を伸ばした。その時、頭上を鳥がすいっと飛んでいるのが見えた。つばめだった。

「おっ義母さん、つばめ」

おみちも声を上げた。

「ああ。初つばめだ。いよいよ春だねえ」

「ええ。今日から弥生よ。すぐに雛の節句だ。おっ義母さん、五目寿司を拵えてね」

「この子は色気より喰い気が勝っていること」

八重の言葉におみちは悪戯っぽい顔で笑った。二月はちっともいいことはなかった。だが、今日からは三月だ。

「弥生ついたち」

八重は呟いた。すると不思議に爽やかな気分がした。

五目寿司を拵えたら、お熊の息子に届けようと、ふと思った。お熊がやけのように蒲団叩きをしたり、近所の人間を怒鳴り散らすのは、あの病の息子を必死で庇(かば)っているためではないのだろうか。お熊にはお熊にしかわからない心の葛藤(かっとう)があるはずだ。

八重は、最初はお熊に驚いたけれど人が言うほどお熊を嫌いとは思わなかった。そう思う自分が不思議だった。それは、おてつを追い払ってくれたせいではなかった。

「おっ義母さん、明日は店開きできる？」

おみちがもの思いに耽(ふけ)る八重に言った。

「ああ。まだ不足はあるが、とり敢(あ)えず店は開こうね。おみち、お前だけが頼りだよ。がんばっておくれね」

そう言うと、おみちは拳(こぶし)で胸を叩き「それは百も承知、二百も合点(がってん)」と応えた。

ふとお熊の家に目を向ければ、お熊は洗濯した下着やら手拭いやらをもの干し竿に拡げていた。男物の襦袢と真っ白な下帯が目立った。その下帯は息子のものだろう。

おみちもそれに気づいた様子で恥ずかしそうに眼を逸らした。

「ふんどしを見て照れているわな。可愛いところがあるじゃないか」

お熊は臆面もなく大声を張り上げた。

「見てなんていません。いやな小母さん」

おみちは、ぷんと膨れて家の中に入った。

「お八重さん、あんたの所は娘でいいわな。倅は世話が掛かるばかりで何んの役にも立ちゃしないよ」

「そうでしょうか」

「ああ。あんたは娘でいいよ」

「…………」

その娘とは血が繋がっていないのだよ。八重はお熊に言いたかったが、ぐっと堪えた。いかにも余計なことだった。血が繋がっていようがいまいが、おみちが娘であることには変わりがない。

「お熊さん、雛の節句には五目寿司を届けますよ」

八重はお熊に笑顔で言った。襦袢を拡げていたお熊の手が止まり、まじまじと八重を見る。

「五目寿司はお嫌いですか」

八重は不安になって訊いた。

「いいや……」

「ああ、よかった」

「お八重さん……」

「はい？」

お熊はもの干し台の桟（さん）に寄り掛かるようにこちらを見ていた。八重は何を言われるのかと身構えた。

「蓮（はす）は退（の）けておくれ。あれは伜が嫌いなんだ」

その言い方は阿（おもね）るようだった。

「わかりました」

八重はほっと安心した。

「楽しみにしているよ」

そう言ってお熊はくるりと八重に背を向け、拡げた襦袢を両手でぱんぱんと叩いた。皺をのばすためだ。その音は蒲団叩きに負けないほど、堀江町の通りに響いた。

五月闇（さつきやみ）

一

晴れても曇っていても、朝には朝だけしか感じられない独特の雰囲気がある。たとえて言うなら、朝には新しい肌着を身に着けたような清々しさがある。どんな朝でも八重は好きだった。にわとりが、朝だ、朝だと盛んに鳴き声を立てる。騒々しい鳴き声も朝だけは気にならない。納豆売りや豆腐売りの触れ声も朝には似つかわしいものだ。

ふた月前に堀江町二丁目に引っ越ししてから、八重は以前より早く目覚めるようになった。

八重の家の左隣りは「角屋」という豆腐屋である。豆腐の形からその屋号がついたのかと思っていたら、主は代々、「角」のついた名前だった。

今の主は角助。先代は角兵衛。角屋はうまい豆腐を拵えると評判が高い。一丁は五十文。半丁が二十五文。四半丁が十三文だ。八重は娘のおみちと二人暮らしなので四半丁で十分だった。鍋を持って買いに行くと、角助か女房のおまさが脚つきの大きな水桶から豆腐を掬い、真鍮の包丁で好みの大きさに切り分けてくれる。角屋の豆腐の表面にはもみじの模様が浮き出されていた。もみじは漢字で書くと紅葉で、音読みすれば「買うよう」という謎掛けになる。最近はもみじだけでなく、自己流の模様をつける豆腐屋も増えたが、角屋はもみじで通していた。

それはともかく。豆腐屋は朝が早い。夜明け前から起き出して仕込みをする。蒸した大豆を臼で搗いたり、ざあっと水を流したりする音が響く。静かな朝には存外、耳障りだった。好きな朝の印象が八重の中で次第に変わっていった。

八重の娘のおみちは、もう少しゆっくり眠りたいとぶつぶつ言うが、まさか角屋に文句を言える訳もない。

騒々しいのは、朝だけではなかった。

日中は斜め向かいの家のお熊という女がもの干し台で蒲団叩きをする。その音も癇に障るが、お熊は町内の要注意人物なので、これも面と向かって文句は言えない。

おまけに八重の家の右隣りは年寄り夫婦が住んでいて、亭主は少し耳が遠いので、女房が亭主に呼び掛ける時、とんでもない大声になる。

八重は近所となかよく暮らしたいとは思っているが、我慢を強いられることが多過ぎる。

引っ越して来た場所が間違っていたのかと、八重はふた月を過ぎても、うじうじと思い悩んでいた。以前に住んでいた富沢町では、こんなことはなかった。周りは民家ばかりだったせいもあろう。

亡くなった亭主の三右衛門は錺職人をしていたので、土間口の傍を仕事場にしていた。

仕事が立て込んで来ると夜なべをすることも珍しくなかった。木槌や小さな金槌を使って簪だの、笄だの、莨入れにつける根付だのを拵える。さほど大きな音は出さないが、それでも近所の人々にとっては耳障りだったろう。堀江町に来て、八重はようやくそれに気づいた。三右衛門に仕事をやめてくれとは言えないから、近所は我慢していたのかも知れない。そう思うと、角屋の朝の物音や年寄りの女房の大声には目を瞑る、いや、耳を塞ぐしかなかったが、お熊の毎度の蒲団叩きだけは許せない気がした。

八重は引っ越して来てから「富屋」という小間物屋を始めた。幸い、近所に小問物屋がなかったせいで、繁昌とまでは行かないが、客がぽつぽつと訪れる。贅沢をしなければ親子二人で食べて行く分には、不足はなかった。

「おっ義母さん、これ見て」

外へ買い物に出たおみちが戻って来ると、興奮した声で茶の間にいた八重に呼び掛けた。

「何んだえ」

「鶴太郎さんに描いて貰ったの」

おみちは画仙紙を八重の前に差し出した。

鶴太郎はお熊の息子だった。病持ちで床に臥せっていることが多い。少し調子のよい時は絵筆を執るらしい。絵師の修業をしていたそうだが、病に倒れてから家に戻ったのだ。

画仙紙には若い娘が描かれていた。着物の柄から、それはおみちと察しがついた。額に手をかざし、陽射しを避けるようにして空を見上げている図だった。八重の目にも鶴太郎の腕はなかなかのものに思えた。だが、絵の中のおみちは実際より、ずっと大人びて感じられた。

「いつの間に描いたんだろうね」

八重は感心して、絵に見入る。

「ほんのお礼ですって。いつも何かとお裾分けしているせいね」

おみちは、まだ興奮が冷めやらない口調で応えた。

「色々、話をしたのかえ」

八重はさり気なく訊いた。

「裏庭の塀越しに話をしただけよ。お熊さんが蒲団叩きをするのを、どう思うかって訊いたの」

「そしたら？」

「やめろと言っても聞かないから、黙ってさせるしかないって」

「お熊さんは山本屋にいやがらせをしているんだろ？」

八重はお熊の家と隣り合わせている葉茶屋のことを持ち出した。

「鶴太郎さんには姉さんが二人いたけど、二人とも労咳で亡くなっているんですって。それでね、下の姉さんのお弔いの時、お天気がよかったので山本屋のおかみさんは蒲団を干して、蒲団叩きでバシバシやったのね。それがお熊さんの癇に障ったらしいのよ。お熊さんは、少し遠慮してくれって言ったんだけど、あの通りのもの言いだから、山本屋のおかみさんは意地になってやめなかったみたい」

　やはり、お熊がいやがらせをするのには、それ相当の理由があったのだと八重は思う。

　弔いの最中に蒲団叩きをされたら、誰だって腹が立つ。

「それで、山本屋のお舅さんが病に倒れた時に、お熊さんは当てつけるように蒲団叩きをしたのよ。山本屋のおかみさんは、お爺ちゃんの具合が悪いので静かにしてくれって文句を言ったのだけど、お熊さんは勝手を言うなって怒鳴ったのよ。そしたら、山本屋のおかみさんはお店に来たお客さんに、あれをごらんとお熊さんを指差したそうなの。事情を知らないお客さんには、お熊さんがとんでもない女に見えるじゃない。噂に尾ひれがついて、お熊さんは町内の鼻摘まみ者になってしまったのよ。お熊さんばかりが悪いんじゃない。山本屋のおかみさんだって、悪いところがあったのよ」

　おみちの口ぶりにはお熊に同情しているふうが感じられた。それは鶴太郎という息子のせいだろうかと八重は思う。

「鶴太郎さんのお父っつぁんはいないのかえ」

　八重はお熊の家の事情が気になって訊いた。

「ええ。十年ほど前に亡くなってしまったそうよ」

「そいじゃ、どうやって親子二人で食べているんだえ」

お熊は内職をしている様子もなかった。

「鶴太郎さんのお父っつぁんは魚河岸で手広く商売をしていた人らしいの。景気のいい時に長屋を建てていたから、そこの家賃で二人は食べているそうよ」

「お熊さん、家主さんなんだね」

お熊の家の内所は見た目より裕福らしい。息子に絵師の修業をさせられた訳だ。

「考えてみたら、お熊さんも可哀想な人よ。バシバシ蒲団叩きでもしなけりゃ、やり切れないと思う」

おみちは訳知り顔で言う。

「それとこれとは別だよ」

八重は苦笑して、また画仙紙を取り上げ、しみじみ眺めた。八重の目には、まだ子供に見えていても、他人からは立派な大人の女になるのだろう。そろそろ嫁に出さなければと、改めて八重は思った。

二

騒々しい毎日でも時は順当に巡り、暦は五月に入った。もう少ししたら梅雨になる。

そのせいで、最近は晴れの日よりも曇りの日が多いように思われた。この季節は夜の闇が濃い。五月闇というのだと誰かが言っていた。そう言ったのは誰だったろう。八重は思い出そうとしたが、どうしても思い出せなかった。年を取ると、頭も働かなくなる。ただ、五月闇という風流な言葉だけは覚え続けていた。

店仕舞いして晩飯を済ませると、八重とおみちは行灯を引き寄せ、縫い物をする。

襦袢や足袋の繕いは暇を見つけてやっておかなければ、いざという時に慌てる。季節ごとに着る物も、あらかじめ用意しなければならない。縫い物の仕事は次々とあった。

おみちは縫い物が好きな娘だ。八重が根気よく仕込んだせいもあり、浴衣などは、ものの一日で仕上げる。八重も昔はそうだったが、年のせいで、この頃はおみちほど早くできなくなった。

おみちは生地の弱った二本の帯をうまく接いでいた。八重が若い頃に締めたえんじ色の帯と、おみちの実の母親の深緑色の帯だ。二本の帯はおみちの手で一本になる。八重は不思議な気がした。

八重は三右衛門の後添えに入った女で、おみちは三右衛門の連れ子だった。だが、今では実の親子のように、お互いに心を通わせている。そうでなければ実の母親の帯と継母の帯を何んのためらいもなく縫い合わせるはずがない。

「いい色の取り合わせだこと」

八重は手を止めて感心したように言った。

実際、二つの色は誂えたように調和して見える。

「でしょう？　前々から考えていたの。生地は同じだから縫い難いこともないし。これを見ると、あたしは死んだおっ母さんからも守られているのだなって感じる。あたしは倖せな娘よ」

おみちは八重に笑顔を見せて、しみじみ言った。

「お前がそう思ってくれるのなら、あたしも嬉しいよ。でも、お前もそろそろ年頃だから、嫁入りの算段をしなけりゃね」

「また、その話？」

おみちは、ふっと笑顔を消して煩わしい表情になった。

「お前はいやがるだろうけど、あたしのために嫁きそびれたら、それこそ、亡くなったお前のおっ母さんにも、うちの人にも申し訳ないもの」

自分のためにおみちが婚期を逃すことを八重は恐れる。

「ここ一年ほどは、そっとしておいて。堀江町に引っ越ししたばかりじゃないの。おっ義母さんが独りでも暮らして行ける目処がついたら、あたしも考えるから」

おみちは言い訳するように応えた。

「そうかえ……」

おみちの言葉は嬉しかったが、八重は半面、早くおみちを片づけて安心したい気持ちもあったのだ。たとい、おみちが所帯を持っても、時々、顔を出してくれたら寂しくないし、子供でも生まれたら喜んでお守りをしたいと思う。ふっと鶴太郎のことが八重の頭に浮かんだ。おみちは鶴太郎に惹かれているような気がする。鶴太郎は二十五歳で年に不足はないけれど、何しろ病持ちなので、おみちの亭主とするには問題がある。それにあの母親では、おみちも嫁としてつとまらないだろう。八重は針を進めながら、詮のないことをあれこれ考えていた。

「あら……」

おみちが突然、耳をそばだてた。

「どうしたえ」

「床下に何かいる」

「え？　鼠かえ」

八重は鼠が苦手だった。その姿を見ただけで悲鳴が出る。おみちは、鼠は平気だが蛇がいやだという。

「この間から、床下で妙な気配がしていたのよ。でも、鼠ならお米をかじられたりするでしょう？」

「今のところ、そんな様子はないよ」

「だったら何かしら。もしかして蛇だったらどうしよう」

おみちは恐ろしそうに身をすくませた。

「蛇はこんな町中にゃ現れないだろう」

八重はおみちを安心させるように言った。

「そうでもないよ。富沢町にいた頃、お梅ちゃんの家の天井裏に蛇が棲んでいたんですって」

お梅ちゃんとは、子供の頃におみちとなかよくしていた娘だった。お梅はおみちより、ひと足先に祝言（しゅうげん）を挙げた。今は本郷（ほんごう）に住んでいるので滅多に見かけることもなくなった。

「その話は本当かえ」

八重は信じられないという顔で訊いた。

「ええ。夜中に天井裏をずるずる這（は）うような物音がして、そりゃあ、怖かったって」

「それで、その蛇はどうしたえ」

「うん。いつの間にかいなくなったみたい」

「………」

耳を澄ませば、おみちの言う通り、何やら床下で身じろぎするような気配がある。明日は床下を覗（のぞ）いて見ようと思った。手に余るようならば、誰か人を頼まなければならないだろう。こんな時、女所帯はつくづく心細いと思う。亭主でも息子でも、男が一人いれば、「よし、おいらに任せておけ」と、頼もしい言葉が返ってくるものを。

二人はそれから床下の物音を気にしながら縫い物を続けた。静かな夜だった。日中が騒々しいだけに、夜はなおさら静かに感じられる。遠くから犬の遠吠えが聞こえた。

翌朝。おみちは店の暖簾を出すと、いつものように竹箒で店の前の掃除を始めた。八重は台所で朝飯の用意をしていた。角屋の豆腐の味噌汁に納豆、塩辛い沢庵だけの粗末な食事だが、炊きたてのごはんがありがたい。八重は炊きたてのごはんに勝るご馳走はないと思っている。

「おっ義母さん、おっ義母さん！」

おみちが甲高い声で外から八重を呼んだ。

「静かにしておくれよ」

八重は眉間に皺を寄せておみちを窘めた。

「床下の正体がわかったのよ」

おみちは笑いを堪える顔で言った。おみちの言葉に誘われ、八重は台所から出て、店と茶の間の境に下げている間仕切りの藍暖簾を引き上げた。

おみちは外でしゃがんでいる。おみちは舌を鳴らして手招きしていた。八重が下駄を突っ掛けて外に出ると、八重の家と角屋の間の小路から仔猫が三匹、雁首を揃えて、こちらを見ていた。灰色の段だら模様の猫が二匹、後の一匹は黒猫だった。

「可愛い」

おみちは感嘆の声を上げる。八重も仔猫達の表情に思わず笑みが出た。

「また、仔を産みやがったな」

その時、八重の頭上からお熊の声が聞こえた。お熊はもの干し台からこちらを見ていた。

「お早うございます、お熊さん」

八重は小腰を屈めて挨拶した。

「ああ、お早うさん」

お熊は面倒臭そうに、それでも応えた。

「あんたの家の床下で、毎年、猫が仔を産むんだ。ふん、猫のお産所だァな。親は、ほれ、この通りをうろちょろしているよもぎ猫だわ。年に二度は仔を産む。いいかえ、餌をやっちゃならねェよ。口のついたものは厄介だ。人間様だけでたくさんだ。こら、豆腐屋。お前ェも余ったおからなんぞ、やるんじゃねェぞ」

お熊は角屋の中に怒鳴ったが、店の中からは何んの返答もなかった。お熊は、ふんと鼻で笑うと、いつものように蒲団叩きを始めた。

外にいると、その音が頭に響く。八重は早々に家の中に退散した。

仔猫は可愛いけれど、猫のお産の場所になるのは困る。全く、次から次と悩みの種（たね）が増える。いったい、この先、まだ何か起こるのだろうか。ため息をついた八重の目に味噌汁の鍋が盛大に湯気を上げているのが見えた。

「あらあら」

慌てて鍋の蓋（ふた）を取ると、味噌汁はすっかり煮立っていた。鍋を下ろして、八重はまた、やるせないため息をついた。

三

おみちは朝になると、決まって仔猫の様子を見に行く。お熊に釘を刺されているので餌は与えていないが、八重が厠（かわや）に入る時、角屋の主の角助が裏庭で欠けた丼（どんぶり）に汁掛け飯を入れて、そっと仔猫に与えている姿を見た。仔猫の内、二匹は、すぐさま丼に首を突っ込んで食べ始めたが、残りの一匹はじっと傍に座っていた。食べそびれやしないかと、八重はつい、心配になる。だが、角助は「おとなしく待ってろよ。すぐにお前ェの分もやるからよ」と、優しい言葉を掛けた。角助は猫好きな男のようだ。こそこそ餌をやるのは、もちろん、お熊の目を意識しているせいだ。気がつけば、八重も外に出ると、自然に仔猫の姿を探していた。

お熊が八重の店にやってきた時、八重は何か文句を言われるのだろうかと身構えた。おみちが買い物に出ている時のことだった。

「お越しなさいまし」

八重は愛想のいい声でお熊に言った。お熊は手にしていた風呂敷包みを開けて反物(たんもの)を取り出した。

「おみっちゃんはいたかえ」

相変わらず仏頂面(ぶっちょうづら)で訊く。

「あいにく、買い物に出ておりますが」

「そうかえ。これ、倅(せがれ)の浴衣の反物だ。おみっちゃんが倅の浴衣を縫ってくれると言ったから、呉服屋で買って来たわな。結構な値段だった」

お熊は自慢気に言った。

「おみちが本当にお宅の息子さんの浴衣を縫うと言ったんですか」

八重は驚いて訊いた。

「ああ。しゃれた帯を締めていたから、おれは、よく似合うと言ってやった。そしたら、おみっちゃんは手前ェで縫ったと応えたよ。それぱかりじゃない。着る物はたいてい、手前ェで拵えているそうじゃないか。それでおれは、倅の浴衣ぐらい、朝飯前だろうと思ってよ、縫ってくれろと頼んだんだわ」

「お熊さん、おみちは自分の着る物は縫いますが、他人様の物を縫うほどの腕はございませんよ」

八重は柔らかく断った。もっとしっかりした人に仕立てを頼んで貰いたかった。

「たかが浴衣だ。そう、構えることはないわな」

だがお熊は八重の言葉を軽くいなした。

「それはそうですけど……」

「おみっちゃんが浴衣を縫ってくれたら、倅の具合もよくなるだろう。お八重さん、うちの倅も男の端くれだァな。おみっちゃんと話をするようになって顔色がよくなったよ。年頃の娘の色香を嗅ぐのは薬よりも効くらしい」

お熊はそう言って愉快そうに笑った。

「先日は鶴太郎さんに絵を描いていただいたそうです。とってもお上手で」

八重が愛想をするように言うと、お熊は笑いを引っ込めた。

「絵師になるのはすっぱり諦めろと言っているんだが、さっぱり言うことを聞かない。近所の藪も何もしないで呑気に暮らすのが一番だと言っている。だが、おれがちょいと目を離すと、すぐに描きたがる。何ほど好きなんだか」

お熊の声に、その時だけため息が交じった。

「鶴太郎さんは、お宅に戻って長いんでございますか」

「ちょうど、一年になるわな。師匠の所で血を吐いたのよ。死んだ亭主の家は労咳の血統らしい。おれは銚子の浜育ちだから、吐くのは悪態だけよ」

お熊は湿っぽい話を冗談に紛らわせた。

「早く鶴太郎さんがお元気になられるといいですね」

「ああ。だから、おみっちゃんにも、ひと肌脱いで貰いたいのさ」

お熊は話をうまくまとめた。八重が困った顔をしているのにも構わず、「頼んだよ」と言って帰った。おみちが鶴太郎の浴衣を縫うのは構わないが、粗相があった時、お熊に何んと言われるか知れたものではない。八重はそれが心配だった。

鶴太郎にのぼせて、おみちがいい気になって引き受けたのだろうと八重は腹が立った。

ところが帰って来たおみちに事情を訊くと、引き受けるなんて言っていないと応えた。

「だって、お熊さんは確かにそう言っていたよ。お前が引き受けなきゃ、反物を買って来る訳がないじゃないか」

「あたし、本当にそんなこと言ってないったら」

おみちはむきになって否定する。

「困ったねえ。それじゃ、この反物、返しておいでよ。手に余るからって」

「いやよ。おっ義母さんがしてよ。どうせ怒鳴られるのが落ちだもの」

おみちは口を尖らせた。

「仕方がない。こうなったら縫うしかないだろう。あたしも手伝うから。お熊さんの家に行って、鶴太郎さんの寸法を測っておいで」

八重は渋々、応えた。おみちも観念したように、こくりと肯いた。お熊は人にいやがらせするだけでなく、物事を手前勝手に考える性質(たち)らしい。おみちが曖昧(あいまい)な返事をしたのを、引き受けたものと解釈したのだ。しかし、お熊の言ったように、たかが浴衣なので、さほど手間も掛からないと踏んで、八重は自分の縫い物を後回しにして鶴太郎の浴衣にとり掛かった。

お熊が持って来た浴衣の反物は白地に藍で万字繋(まんじつな)ぎにした柄のものと、藍の地に白で格子(こうし)にした柄のものだった。普段のお熊から想像もできないしゃれた見立てだった。お熊は存外に趣味のいい女なのかも知れない。

おみちは、最初の内こそ渋々だったが、縫い始めると脇目も振らなかった。少しずつ形になってゆく生地を見て、八重もきっと鶴太郎にはよく似合うだろうという気持ちになった。

ようやく縫い上げた浴衣に火のしを当て、丁寧(ていねい)に畳んでおみちに届けさせると、裄(ゆき)も丈(たけ)もぴったりで、お熊は大層喜んだという。いらないと言うのに、無理やり手間賃を握らせたそうだ。おみちは嬉しいような困ったような複雑な表情で八重に告げた。

「貰っておおき。向こうも只(ただ)で仕事を頼んだら、借りを作ったようで落ち着かないんだろう」

八重はお熊の気持ちを察して言った。

「内職のつもりはなかったんだけど」

おみちは渋紙に包まれていた銭に視線を落としながら小さな吐息をついた。中には五十文が入っていた。角屋の豆腐一丁分の値だった。

「鶴太郎さんも喜んでいただろう。お前と話をするようになって、少し顔色がよくなったと言っていたから」

「あの人、友達がいないのよ。陰気な顔をして絵を描いてばかり」

おみちは遠くを見つめるような眼になって言う。

「早く元気になるといいねえ。今のままじゃ、お嫁さんも迎えられない」

「多分、あの人は一生、独り身を通すと思う。絵が描けりゃ、何もいらない人だから、格別、不自由でもないでしょうよ」

おみちの突き放したような言い方が八重は気になった。鶴太郎に気を惹かれているなら、たとい病でも構わないと思うはずだ。だが、おみちにはそんな様子が感じられなかった。

八重は腑に落ちない表情でおみちを見つめた。おみちは八重の視線をそっと避け、台所の流しの前へ行き、煙抜きの窓を開けた。

「暗い夜だこと。星も見えない」

言いながら、斜め向かいのお熊の家を眺めている。生ぬるい夜気が茶の間に忍び込んだ。

「大きい兄さんの家は、ちゃんと暮らしているだろうか」

八重はふと思い出して呟（つぶや）いた。三右衛門が亡くなると、長男一家は富沢町の家に乗り込んで来た。そのために八重とおみちは引っ越しを決めたのだ。

「何んとかやっているでしょうよ。義姉（ねえ）さんは当分、ここへは来ないと思う。いっそ、さっぱりした気持ちよ」

「そうかねえ」

「お父っつぁんが兄さん一家の暮らしを助けていたこと、おっ義母さんは知らなかったんでしょう？」

おみちは窓をぱたんと閉じると、八重の傍に戻って来て訊いた。

「ああ」

長男の芳太郎一家に三右衛門が毎月援助していたことは、亡くなってから知ったことだった。三右衛門は生前、微塵（みじん）もそんなことは匂わせなかった。八重に遠慮していたのかも知れない。

「錺職って、それほど実入りがよかったのかしら」

おみちは不思議そうに首を傾げた。

「普段はそれほどでもないが、仕事の内容によっては高直の手間賃を貰うこともあっただろうね」

「お父っつぁん、それを貯めていて、少しずつ兄さんの家に運んでいたのね」

「そういうことなんだろう」

「おっ義母さんに少しも明かさないなんて水臭い人ね」

おみちは八重の気持ちを察して言う。その気持ちは嬉しかった。

「体裁が悪かったんだろうよ。大きい兄さんは三十を過ぎている立派な大人なんだから」

八重は三右衛門を庇うように言った。長男の芳太郎は三十二歳だった。女房のおてつは、おゆりと同い年の二十五歳である。芳太郎のすぐ下がおせつで二十八歳、次男の半次郎は二十六歳。それからおゆりで、二十三歳の利三郎、十七歳のおみちと続く。

「兄さん、友達を家に呼ぶのが好きなの。呼べばお酒になるじゃない。義姉さん、その度に質屋に走って酒代を工面したと言っていた。だけど、義姉さんも一緒になってお酒を飲むのよ。お金なんて幾らあっても足りなくなるじゃない。酔っ払うとごはんの仕度も面倒になって、子供達はほったらかし。近所におゆり姉さんが住んでいるから、子供達は、叔母ちゃん、腹減ったようって行くのよ。おゆり姉さんは兄さんと仲がいいから悪い顔はしないけど。お金も度々、貸しているみたい」

おみちの口ぶりでは、芳太郎の女房のおてつの竈持ちが悪いからだと聞こえる。

百か日法要が目の前だった。当日は仏壇に上げるものを用意して富沢町を訪れるつもりだった。富沢町の家が子供達に荒らされていることを考えると、八重は今から憂鬱になった。

四

三右衛門の百か日法要の日は午前中だけ店を閉めることにして、八重とおみちは富沢町へ向かった。

富沢町の家は、襖や障子に破れはあったが、掃除をして小ざっぱりとしていた。仏壇の扉が開けられ、活(い)きのいい仏花も供えられていた。それは長女のおせつが持って来たものらしい。八重も近所の花屋から花を買ったが、おせつのものより見劣りがした。

おてつが不服そうな顔をしたのが八重にはこたえた。おてつは八重の持って行った花に、おざなりに礼を言ったが、その後は台所の水桶に突っ込み、仏壇に供える様子もなかった。

三右衛門の子供達は、三男の利三郎だけ、どうしても仕事を休めないということで欠席したが、後は皆、顔を揃えていた。おてつは欠席するのは仕方がないが、その前に仏壇を拝(おが)みにも来ないと文句を言った。利三郎は独り者で貸本屋に勤めている。さほど給金は貰っていない。仏壇を拝みに来いと言っても、から手では来られないだろう。皆んなの前で、あからさまに言わなくてもいいのにと八重は思ったが、口には出さなかった。

法要を済ませると、僧侶は他に廻るところがあると言って、すぐに帰った。その後は仕出し屋から取り寄せた料理で会食となった。仕出し料理はおてつが奮発したらしく、二(に)ノ膳(ぜん)つきのものだった。八重は料理を見て、持参した香典(こうでん)が足りなかったのではないかと心配になった。八重とおみちが料理を食べ、引き出物を貰って帰るとすれば、ぎりぎりか、悪くすれば足が出る。おみちにこっそり言うと、「気にしなくてもいいよ」と、にべもなく応えた。それでも八重は恐縮して、目の前の料理が、すんなり喉を通らなかった。

「どうでェ、堀江町の暮らしは」

芳太郎は機嫌のよい顔で八重に訊いた。

「お蔭様で、何んとかやっておりますよ」

八重は如才なく応えた。

「そうけェ、そいつはよかった。おれ達も、こっちへ引っ越して来て、これからは家賃もいらねェと呑気に考えていたが、仏壇の世話ってのは、存外に金の掛かるもんだ。おっ義母さんは今までよくやっていたよ」

芳太郎は感心したように続ける。

「そうですねえ、月命日にはお寺からお坊さんが見えるし、年に二回のお彼岸、夏のお盆、それにお寺の寄付もあって、なかなか大変なんですよ。でも、芳太郎さんは、それを承知で仏壇の世話を引き受けたのでしょう?」

八重は上目遣いに芳太郎を見ながら言う。

「ちょいと考えが甘かったようだ。仏様より、こちとら生き仏の方が大事だわな」

「………」

「それでだ。百か日の法事を済ませたことだし、これからは寺の坊主に来て貰うのを断ろうと思っている」

「そんな」

八重は思わず、呆れた声になった。

「おっ姑さんが、何して下さるなら考えますよ」

横からおてつが口を挟んだ。

「姉さん、何んとか言って」

おみちは長女のおせつに縋るような声で言った。

「兄さんの所は子供が三人もいて大変だから」

おせつは取り繕うように応えて、吸い物を啜った。

「話が違うじゃないの。兄さんは、おれが仏壇の世話をするから、あたしとおっ義母さんに出て行けって言ったんじゃない。今さら何よ。勝手を言わないで」

おみちは八重の代わりに必死の形相で言う。

「そいじゃ、今からお前達はこの家に戻るけェ？　おれ達は堀江町に行くわな」

芳太郎はしゃらりと応える。

「堀江町は家賃がいるのよ。毎月のお布施に四苦八苦している人がやって行けるもんですか」

おみちは吐き捨てる。おてつはおみちを睨んだが、芳太郎は苦笑いしただけだった。

「まあ、兄さんの好きなようにしたらいいのよ。あたし等、もう嫁に行った立場だし、何んにも言えない。おっ義母さんも了簡した方がいいですよ」

おゆりは八重を諭すように言った。

「皆んなが納得しているのなら、あたしは何も言いませんよ」

八重は渋々、応えた。

「そうけェ、それで決まったな」

芳太郎は安心したように笑った。

「ああ、よかった。あたしも安心した。そうですよ。文句があるなら出すものを出してからにして貰いたいもんだ。雀の涙のようなものを仏壇に上げて、大きい顔をされたんじゃ、こちらの立つ瀬も浮かぶ瀬もありゃしない」

おてつは勝ち誇ったように言う。八重は肝が冷えた。

「おてつさん、それ、嫌味(いやみ)？　少ない香典で申し訳ありませんねえ」

だが、おゆりは笑いながら言った。

「いえいえ。おゆりさんに言ったつもりはありませんよ」

おてつはさり気なくいなした。


八重とおみちは店があるからと言って、皆んなより、ひと足先に富沢町の家を出た。

「あたし達、まんまと兄さん夫婦に追い出されただけね」

おみちは悔(くや)しそうに言った。

「済んだことはいいじゃないか。大きい兄さんは正直に言ったんだもの。仏壇の世話で親子が日干しになったら大変だ」

「それはそうだけど、でも、これで収まらないような気もする。おゆり姉さんが悪い顔もせずにお金を貸しているのも時間の問題よ。どうして、うちの兄さんはしっかりしていないんだろう」

おみちはくさくさした表情でぼやいた。

「うまくやってくれるといいのだけど……」

八重はそう応えたが、おみちの言うように、芳太郎一家が、このまま不足を出さずに暮らして行けるとは思えなかった。

堀江町に戻ると、角屋の前に人垣ができていた。

「おっ義母さん、どうしたんだろう」

おみちは不安そうに訊く。

「角助さんか、おまささんでも倒れたんだろうか」

八重はつい、悪い方向に考えてしまう。おみちが爪先立てて中を覗くと、仔猫の親がはらわたを出して死んでいた。お熊がもの干し台から、こちらを眺めていた。

「どうしたんですか」

八重はさり気なく訊いた。

「早馬が通ったんだよ。親は避け切れずに馬の脚に踏まれたんだ。あっという間のことだった。考えてみたら親も年だ。足腰が弱っていたんだろう」

お熊は珍しく、しんみりした声で教えてくれたが、次の瞬間、「こら、豆腐屋。お前ェの店の前で親猫が、おっ死んだんだ。お前ェがさっさと始末しな。うじが湧いたら、お前ェの商売にも差し障りがあるというもんだ」と、怒鳴った。

周りにいた者は、お熊の言葉に、さして驚きもせず、ちょっと振り返っただけだった。だが、業を煮やした角助が、突然、激昂した声を上げた。

「おれに指図するな！」

角助の眼は赤くなっていた。角助は親を亡くした仔猫が不憫でたまらなかったのだ。しかし、その言葉に周りの人間が驚いた。角助は虫も殺せないような気の弱い男で、今までは人に何を言われても、じっと黙っているだけだったからだ。その角助がお熊に口を返したのだ。周りが驚かない訳がない。

「何んだとう」

案の定、お熊は顔色を変えた。

「そんな生意気な口を利いていいのか。たかが豆腐屋の分際で」

「豆腐屋だからどうした。あんた、何様のつもりだ。おれがあんたに暮らしの面倒を見て貰っている訳でもなし、そんな鬼みてェな面で怒鳴られる覚えはねェ」

角助としては上できの啖呵だった。だが、お熊はもの干し台から顔を引っ込めたと思いきや、足音高く下りて来て、角屋の前に仁王立ちとなった。お熊の手には竹箒が握られていた。人垣はお熊の剣幕に恐れをなし、蜘蛛の子を散らすように四方に崩れた。

「こんちくしょう！」

お熊は竹箒を振り下ろす。

「やめて、小母（おば）さん」

おみちはお熊の腕を取ったが、お熊は邪険（じゃけん）にその手を払った。角助の頭に、まともに竹箒が当たった。角助は頭を抱えて蹲（うずくま）った。

「お熊さん、勘弁して下さい。この通りです」

おまさが角助を庇って謝る。その声でお熊は、ようやく手を止めた。

「殺せ、殺せ」

角助は蹲ったまま、弱々しい声で言う。

「まだ、こたえねェか」

お熊が再び竹箒を振り上げた時、「おっ母さん、いい加減にしな」と、鶴太郎がよろよろと家の中から出て来てお熊を制した。

「駄目じゃないか、鶴太郎。出て来たりして。外の風は身体に毒だ」

お熊は途端に母親の顔になった。

「大丈夫？」

おみちも慌てて鶴太郎の腕を取る。

「ああ、大丈夫だよ」

陽に灼けていない鶴太郎の顔が外では驚くほど白く見えた。

「角屋さん、勘弁してくんな。お袋はこの通りの女だから」

鶴太郎は情けない顔で角助に謝った。おみちは鶴太郎の腕を支えている。八重は妙な気分だったが、周りの人間は特に気にしているふうもなかった。

「なあに」

角助はようやく立ち上がると少し笑った。

角助の頭に枯れ葉がくっついている。竹箒についていたのだろう。八重が手を伸ばしてそれを取ってやると、角助はひょいと頭を下げた。

「ほんとにもう」

お熊はそう言うと、どしどしと足音を立てて家の中に戻った。おみちが鶴太郎を支えながら、その後に続く。

「角助さん、お手数ですが、猫の後始末をお願いしてよろしいですか」

八重が遠慮がちに言うと、角助はこくりと肯いた。

「おまさ。富屋のおかみさんのように柔らかく言われたら、おれだって素直にうんと言うわな。ところがお熊さんときたら、こっちのむかっ腹が立つことしか言わねェ人だ」

角助は傍らのおまさを振り返って言う。

「お熊さんは悪い人じゃありませんよ。思ったことを、そのまんま口にするだけだ。近所の人だって、お前さんが親猫の始末をするものと思っているんだよ。うちの店の前で死んだんだから。皆んな、ほっとしているだろう。これが山本屋の前だったら、あそこのおかみさん、大騒ぎして自身番の親分に言いつけたり、鳶職の頭に縋るのが落ちさ」

おまさはそんなことを言った。町内でお熊のことを悪く言わない人間に、八重は初めて会ったと思った。

「だな」

角助は低い声で相槌を打った。

「それにお熊さんは、うちの店の大事な客だ。あの人はよそから決して豆腐を買わない。うちの豆腐が一番だって、お世辞でもなく言うよ。あたし、ありがたくて……それに比べて、山本屋さんは、こっそりよそから買っているよ。あたしは山本屋さんを使っているのにさ」

おまさは不服そうに続けた。

「そうですよね。近所にお店があるのなら、そこから買うのが近所の思いやりだと、あたしも思いますよ。だから、あたしも角屋さんのお豆腐しか食べませんよ」

八重もおまさの意見に同調した。おまさは嬉しそうに笑った。おまさの笑顔がよかった。

「おみちは何をぐずぐずしているんだろ。さっさと戻って来ればいいのに」

お熊の家から出て来ないおみちにいら立って、八重はつい、愚痴っぽくなった。

「おかみさん。お熊さんはおみっちゃんを倅の嫁にしようと企んでいるんじゃねェのかい」

角助は心配そうに言った。

「まさか」

「お熊さんに睨まれたら、蛇に睨まれた蝦蟇じゃねェが、たらたら脂汗を流すばかりで身動きが取れなくなりやすぜ」

「何、馬鹿なことを言っているんだえ。鶴太郎さんの病が本復でもしない限り、それはできない相談というものですよ」

おまさは慌てて角助を制した。

「あたしも少し、心配なんですけどねえ。おみちは何かと鶴太郎さんの世話を焼きたがるし、湯屋の帰りには裏庭で話をしている様子もあるんですよ」

八重はおまさと角助に、つい、本音を洩らした。

「危ねェ、危ねェ」

角助は大袈裟に言って店の中に入った。親猫の始末をするらしい。

「大丈夫ですよ、おかみさん。おかみさんさえ、しっかりしていれば、たとい相手がお熊さんでも、勝手なことはできないはずですよ」

「そうですよね。あたしがしっかりしていれば怖いことなんてありませんよね」

八重は自分に言い聞かせるように応えた。

「そうですよ」

おまさはそう言って、また笑顔になった。

五

芳太郎が末っ子のお君の手を引いて堀江町を訪れたのは百か日法要からひと廻

り（一週間）を過ぎた頃だった。

八重は芳太郎とお君を茶の間に上げて、茶を出した。お君には買い置きの煎餅を与えた。

「おっ義母さん、この間はご苦労さんでした」

芳太郎は改まった顔つきで頭を下げた。

「いえいえ、立派な法要でしたよ。いただいたお料理も豪華でしたし」

八重は笑顔で芳太郎の労をねぎらった。

「おれは、そこそこの物でいいと言ったんだが、おてつが承知しなくてよう、案の定、仏壇に上がった香典だけじゃ間に合わなくて足が出てしまったい」

「まあ……」

八重はそっとおみちと顔を合わせた。無心にやって来たのだと察しがついた。

「仕出し屋と酒屋に銭を払うと、晦日に米屋に支払いができなくなったのよ。おゆりに頼んだが、もう出せないという返事でよ、面目ねェがおっ義母さんに頭を下げに来たという訳だ」

芳太郎は居心地の悪い顔で言う。

「仕出しのお料理を見て、無理をしているなとは思っていたんですよ。まあ、あたしが持参した香典も大したものじゃなかったから、この度だけは工面しましょう」

八重が言うと「おっ義母さん！」と、おみちは甲高い声を上げた。芳太郎は目顔でおみちを制した。

八重は思案して、二朱を差し出した。二朱は相場にもよるが一両の八分の一の値である。

米屋の支払いをしてもお釣りがくるというものだった。芳太郎はすぐさま二朱を袂に落とし込み、安心したように笑った。それから機嫌よく帰って行った。

「どうして出したのよ」

芳太郎が帰ると、おみちは詰るように言った。

「どうしてって、この間の仕出し料理はお前も食べただろう？　結構、お金が掛かっているなと思っていたんだよ。今日はまあ、その不足を補うつもりで出したんだ。この次来ても出さないから安心おし」

八重はおみちを宥めるように応えた。

「来るわよ、また。あたしにはわかっている。ううん、これから何度でも来るよ」

おみちは不愉快そうに顔をしかめた。

おみちの言った通りだった。それから三日も経たない内に、おてつが堀江町に現れた。

八重の顔を見るなり、どうしてうちの人にお金を渡したのかと文句を言った。

「芳太郎さんが法事でお金が足りなくなって、晦日に米屋の支払いができないと言ったからだよ。それはおてつさんも承知のことだろ？」

「あたしは知りませんよ。うちの人、あのお金で友達に居酒屋で大盤振る舞いしちまったんだ。呆れたものですよ」

呆れるのはこっちだろうがと、八重は内心で呟いた。

「もう、うちには余分なお金はありませんからね」

おみちは先手を打つように言った。

「それじゃ、困るんですよ。本当にお米屋さんに支払えないから」

「知らないですよ」

おみちがにべもなく応えると、おてつは哀(あわ)れな顔で八重を見た。

「おてつさん、うちを当てにされても困りますよ。うちにはうちの暮らしがあるんだし」

八重もそう言うと、おてつは袖で顔を覆(おお)って泣き出した。三右衛門が援助していたのは、こんな二人に根負けしてのことだったのだろうと、八重はようやく合点した。

「それじゃ、とり敢(あ)えず、お米屋さんにはこれだけ払って、後は来月回しにして貰いなさい」

八重はおみちから貰った五十文を差し出した。

おみちはお熊から貰った手間賃を八重に渡していた。

「たった五十文」

おてつは情けない声で言った。

「たった五十文と言っても、その前におっ義母さんは二朱を出しているのよ」

おみちの声が尖(とが)る。八重はおみちの袖を引くと、「おてつさん、辛抱(しんぼう)してやっておくれ」と言った。

ぐすっと洟(はな)を啜ったおてつは、殊勝(しゅしょう)に肯いた。下駄を履いて外に出る時、おてつは店の品物に目を留め、「おっ姑さん、へちま水を貰っていいかしら。あいにく切らしちまって」と言った。

「ああ。もってお行き」

八重は鷹揚に応えた。

おてつが帰ると、おみちは「図々しいったらありゃしない」と吐き捨てるように言った。

それから、おてつの使った湯呑を流しに運び、水音も高く洗った。八重はためた息をつきながら、おみちの背中を見つめていた。とり敢えず、これで当分の間、おてつはやって来ないだろう。この次におてつが現れたら、泣こうがどうしようが頑として撥ねつけるつもりだった。おてつと芳太郎が了簡を入れ換えない限り、一家の暮らしは上向きにならない。ここは心を鬼にして二人を突き放す覚悟だった。

八重は自分の覚悟をおみちに言ったが、おみちは「どうだか」と鼻で笑っていた。

月が替わって間もなく、お熊が店明け早々に八重の所にやって来た。お熊は珍しく頭を丸髷に結っていた。いつもは髪をぐるぐると巻き上げただけの頭をしていたので、八重は「お出かけですか」と訊いた。出かける段になって、足りない物を買いに来てくれたのかと思った。

「いいや。出かけたのは昨夜さ。家主組合の寄合があったんでね」

「まあ、そうだったんですか。いい形に結い上がりましたねえ」

八重がお世辞を言うと、お熊は照れたように笑った。だが、すぐに真顔（まがお）になり、

「お八重さんが前に住んでいたのは富沢町だったかえ」と訊いた。

「はい、そうですが。それが何か」

八重は怪訝（けげん）そうな顔でお熊の大きな顔を見つめた。

「栄橋（さかえばし）の傍で、角から三軒目の家かえ」

お熊は確かめるように続ける。

「ええ」

「やっぱりそうだ。その家は錺職人をしている倅が住んでいたんだろ？」

「ええ。芳太郎さんに何かあったんでしょうか」

「夜逃げしたらしい」

「ええッ！」

八重は慌ててお熊を茶の間に上げた。もっと詳しい話を聞きたかった。茶の間ではおみちが前垂れの裾（すそ）をぎゅっと摑（つか）んで呆然（ぼうぜん）として立っていた。話を聞いてい

たのだろう。

「昨夜、その家の沽券（不動産の売り渡し証書）を手にしていた家主がいたんだよ。家主と言っても、早い話、金貸しさ。いい出物があるから、おれに買わないかと言って来たんだ。元の住人のことを聞くと、借金で首が回らなくなって夜逃げしたということだった。話を聞いている内に妙な心持ちになってさ、お八重さんの倅夫婦によく似ているなと思ったんだよ。やっぱり、そうだったんだね。おれはお八重さんに早く知らせようとは思っていたが、昨夜は遅くなったんで遠慮したよ。倅一家は大慌てで出て行ったらしく、家の中はとっ散らかってひどいもんだったたって。仏壇なんて横倒しになっていたそうだ」

「横倒し！」

八重とおみちの声が重なった。

「この間、嫁さんがまた無心に来ていたのは知っていたんだが、まさか、夜逃げの算段をしているとは思わなかった。あれから何日も経っていないだろうが」

お熊は気の毒そうな顔でおみちの淹れた茶をぐびりと飲んだ。

「お金は米屋さんの支払いじゃなくて、どこかへ行くための路銀だったのね」

おみちは俯いて言った。

「仏壇は引き取りに行ったらいいよ。まだ家の借り手は見つかっていないようだから」

お熊は親切に、そう言った。

「ええ、さっそくそうします」

八重は低い声で応えた。

「子供達が可哀想」

おみちは前垂れで口許を覆った。

「家主の話じゃ、兄貴というのは、気は優しいが、何しろ怠け者で、月の内、半分も仕事をしていない様子だった。簪一本拵えたって、手間賃は高が知れている。おまけに働かないじゃ、金に詰まるのも道理だわな」

お熊は至極当然という表情で言う。

「あたしと死んだ亭主が甘やかしたばかりに、こんなことになって」

八重もおみちの涙に誘われるように眼を潤ませた。

お熊が帰ってから、仏壇をどうやって運ぼうかと、おみちと二人で話し合っていると、おせつとおゆりが息を切らせてやって来た。

「おっ義母さん、聞いた？」

おせつも動転している様子だった。

「ああ、聞いたよ」

八重はようやく興奮も収まり、低い声で応えた。

「おっ義母さん、あたし、どうしよう。うちの人に内緒で一両も貸してしまったのよ」

おゆりは泣き出しそうな顔で言う。

「旦那に正直に打ち明けたらいいよ。おゆりちゃんが遣った訳じゃないんだから。事情を聞けば、旦那だって仕方がないと納得するさ」

八重はそう言っておゆりを宥めた。おゆりの家は横山町(よこやまちょう)の合羽屋(かっぱ)だった。店はまずまず繁昌(はんじょう)している。亭主との間に八歳の男の子と六歳の娘がいた。

「おっ義母さん、一緒に言い訳して」

おゆりは不安そうに縋った。

「ああ、旦那が頭へ血を昇らせたら、あたしが行って、話をするよ」

「本当よ、本当よ、おっ義母さん」

「安心おしってば」

八重は笑っておゆりをいなした。

「姉さん達、勝手ね。兄さんが富沢町に住むって言った時、兄さんに味方したくせに」

おみちは皮肉な調子で言った。

「まさか、こんなことになるとは夢にも思わなかったのよ。富沢町に移れば家賃も掛からないし、少しは暮らしに余裕が出ると考えたのよ。あたし等、無心されるのに、うんざりしていたから」

おせつは、もごもごと言い訳する。そうか、そういう理由で二人は芳太郎に味方したのかと、八重はようやく納得した。

「本当にねえ、明日は何が起きるか知れたものじゃないよ。ところで、仏壇をそのままにしては仏様が可哀想だ。どうして運んだらいいだろう」

八重は芳太郎一家のことより、横倒しになっている仏壇が気になった。

「あたし、大工の留さんに声を掛けてきた。いつでも運んでくれるって。今日は仕事があぶれだから、家にいるって」

おせつは手回しよく留吉に頼んでくれたようだ。留吉は引っ越しの時にも世話になった富沢町の大工だった。

「さっそく、これから行こうかね」

八重は着物の裾を引き上げ、手拭いで姉さん被りにした。

「あたし達も手伝うよ」

おゆりは張り切って応えた。おせつとおゆりの眼が温かい。今までは八重を冷ややかな眼で見るばかりだった。芳太郎一家の夜逃げがあって、ようやく二人は八重を母親らしく扱っていると思った。八重にはそれが不思議だった。

世の中には様々な揉め事がある。揉め事なんて、なければそれに越したことはない。だが、多かれ少なかれ、毎日、揉め事は起きる。

徒らにくさっているばかりが能ではない。

時には、その揉め事から家族の結束が生まれることもあるのだ。八重にとって、今がまさに、その時だった。三右衛門の加護を感じた。

お熊に留守番を頼み、八重は娘達と富沢町へ向かった。皆、八重と同じ、姉さん被りの恰好だった。道行く人々は何事かと八重達を振り返る。八重は娘達が一緒なので気にもならなかった。

「仏壇の横倒しだってさあ」

八重は独り言のように呟いた。

「そんなの、聞いたこともない」

おゆりは呆れたように言う。

「備前（びぜん）とっくりの横倒しなら聞いたことがあるよ。まずいお面の人のことを指すみたい」

おせつは冗談交じりに応える。

「横倒しは何んでもまずいね、おっ義母さん」

おみちは八重に相槌を求めた。おみちの言い方がおかしいと、おせつとおゆりが笑った。

つられて八重も笑った。空は久しぶりに晴れていた。

「今夜、おっ義母さんの家に泊まろうかな」

おせつが言うと「あたしも」と、おゆりが同調した。

「いいのかえ。一家の女房が家を空けたりして」

八重は心配する。

「仏壇の掃除もあるし、こっちに運ぶ時、ちょいと断って来るよ。こんな時でもなきゃ、よそに泊まるなんてできないもの。おゆりもそうでしょう?」

おせつはすっかり笑顔だ。おゆりも同様に肯く。

「そいじゃ、今夜は奮発して鰻（うなぎ）でも張り込もうか」

八重は張り切って言った。

「おっ義母さん、辛抱しなくていいの？　先月は何んだかんだとお金が掛かったのに」

おみちは口を挟む。

「いいんだよ。二人が家に泊まるなんて、今までなかったことだから、あたしは嬉しいんだよ」

そう言うと、おせつとおゆりは顔を見合わせた。

「おっ義母さん、寂しい思いをさせてごめんなさい。あたし達、親不孝な娘だった」

おゆりはしんみりと言った。

「ささ、湿っぽい話は後回しにして、仏壇を運ばなきゃ」

八重は威勢よく言った。

「横倒し、横倒し」

おみちが節（ふし）をつけるように言ったので、後の三人は声を上げて笑った。

仏壇を家に運び、掃除を済ませると、八重はおみちを鰻屋に走らせ、鰻重を注文させた。

手伝ってくれた留吉に一杯飲ませ、留吉にも鰻重の折を持たせた。ついでにお熊の家にも留守番のお礼に二人前届けた。お蔭で大層な物入りだったが、八重は気にならなかった。おせつとおゆりが自分を慕う様子が嬉しかったからだ。

二人ずつ交代で湯屋へ行き、その後で四人一緒に鰻重に舌鼓を打った。夜は早めに蒲団を敷き、寝転がったまま、長いことお喋りに興じた。

女同士のお喋りは楽しい。まして、それが娘達だったらなおさら。

ようやく四人が眠りに就いたのは真夜中を過ぎていた。

その夜、八重は久しぶりに三右衛門の夢を見た。三右衛門は家で仕事をしていた時の恰好で正座し、膝頭を摑んでうなだれていた。

「どうしたえ、お前さん」

八重は心配になって声を掛ける。

「お八重、すまねェなあ」

三右衛門は低い声で謝る。芳太郎の不始末を詫びているのだった。

「そんなこと……でもさあ、おせつもおゆりも、あたしの家に泊まってくれたんだ。大きい兄さんのことでもなけりゃ、こんなことはなかっただろう。怪我の功名だね」

八重がそう言うと、三右衛門は安心したように薄く笑った。

翌朝。おせつとおゆりは朝飯を食べると帰り仕度を始めた。そこへお熊の蒲団叩きの音が聞こえた。

二人は、最初の内こそ気にしていなかったが、いつまでもその音が止まないので、おせつは「ずい分、癇症な人なのね」と言った。

「毎日、こうなの」

おみちは情けない顔で応えた。

「ええッ？」

おゆりは驚いた声を上げた。

「おっ義母さん、平気なの？」

おゆりは真顔で八重に訊く。

「平気じゃないが、文句を言っても素直に聞く人じゃないから……」

「あたしなら、半日でも我慢できない。ささ、姉さん。早く帰ろ？　あたし、頭ががんがんしてきた」

おゆりはおせつを促す。

「そうだねえ。そいじゃ、おっ義母さん、お世話様。お寺さんには、今月からこっちでお勤めするようにと言っておくね」

おせつは気を利かせて言う。

「そうしてくれるんなら、助かるよ」

八重は笑顔で応え、娘達を見送った。陽射しはすでに夏のもので、通りに出ていると眩しさで眼がちかちかした。

芳太郎一家は、今頃、どこでどうしていることやらと思った。

「お八重さん。仏壇を運んだのかえ」

お熊が手を止めて訊いた。

「お蔭様で」

八重は頭を下げて礼を言った。

「倅の秋に着る袷を縫っておくれな」

お熊は調子に乗って言う。

「さあ、あたしも色々と忙しいので……」

八重は曖昧に笑って店の中に入った。

ところが、二、三日すると、お熊が反物を抱えて現れた。面と向かうと断り切れず、八重は渋々、引き受けた。そのことで、おみちと口喧嘩になってしまった。

厄介な揉め事は多かれ少なかれ、八重にはまだまだ降り掛かるようだ。それをこなして行くのも生きるということか。

八重は胸の内で独りごちた。

生々流転

一

八重とおみちの住んでいる堀江町には裏店住まいをしている人々も多い。裏店は文字通り、表通りの裏手にある長屋のことだ。門口だけは表通りに面していて、住人の名前を書いた木札が下がっていたり、千社札が貼ってあったりする。門口をくぐると狭い路地になり、中央に板で蓋をした溝を通していた。

路地の奥に九尺二間の棟割長屋が並んでいるのだ。一棟に五世帯か六世帯が入っていて、たいていは二棟が向かい合わせに建っている。

二棟の真ん中に井戸がある。女房連中は、そこで茶碗を洗ったり、洗濯をしながら世間話に興じる。長屋の突き当たりに、ごみ溜めと総後架（トイレ）が設えてあった。

おしげという名の老婆も半町ほど先の半助長屋で独り暮らしをしていた。半助長屋の家主は八重の斜め向かいに住んでいるお熊だった。半助はお熊の亡くなった亭主の名である。店賃の集金をするのは、お熊ではなく徳三郎という六十がらみの大家だった。徳三郎は半助長屋ができた時から大家を任されているというから、かれこれ二十年近く、その任に就いている。

店賃の集金は、すんなりとは行かないらしい。店子は棒手振りの魚屋だの、青物売りだの、大工の手元（見習い）だの、かつかつの暮らしをしている者ばかりだ。それ等の仕事は天候にも左右されるので、梅雨の季節になると、たかが五百文の店賃も滞りがちになる。

徳三郎は店子から、ないものはないと言われたらどうすることもできない。お熊の家にやって来て、苦しい言い訳をする羽目となる。

ところがお熊は納得しない。払えないのなら出て行かせろと徳三郎に怒鳴る。八重は店賃を払えない店子に同情しながら、お熊の怒りも、もっともだと思っていた。

裏店の店賃は大工の日当の二倍から三倍が相場とされている。大工の日当は、だいたい四百文だから、半助長屋の店賃は破格に安い。

それでも払えない者が出るのだから、世の中は上には上があり、下には下があるというものだが、せっかく安くしても払えないのではお熊の温情も意味がなくなる。

　おしげは小金を持っているらしく、店賃を溜めたことはない。贅沢をしなければ死ぬまで不自由はしないだろうという噂だった。

　おしげは時々、八重の商っている小間物屋に杖を突いてよろよろと訪れ、糸だの浅草紙だのを買ってゆく。腰は二つ折れになるほど曲がっていた。それでも口調は存外にはっきりしている。おしげがやって来ると八重は床几に座らせ、茶を振る舞うのが常だった。

　その日もおしげは糸を買いにやって来ていた。

「おしげさん。ずい分、糸を使いますね。縫い物の内職でもなさっているんですか」

　八重はさり気なく訊いた。おしげの左眼は白っぽく濁っている。左眼は、よく見えないのではないかと思う。そんな眼で縫い物をするのは骨だろうと心配になる。

「内職なんてできるもんかね。わたいは雑巾を縫っているんだわ」

　おしげは張りのある声で応える。だが、痩せた身体は八重よりふた回りも小さい。

「まあ、雑巾ですか」

「一日、何んにもしないじゃ、退屈で死にそうだから、雑巾縫って暇を潰しているんだわ。近所の女房達にやると喜んでくれるからね。あいつ等は忙しくて雑巾を縫う暇もないのさ。お返しに晩飯のお菜を届けてくれるよ。飯を喰って、糞をひって、雑巾を縫うだけの毎日だ。わたいは早くお迎えが来ないかと待っているんだが、さっぱりその様子もない。近所は、わたいが百まで生きるだろうと言ってるらしいが、あと十五年も生きるなんざ、まっぴらだよ」

「まあ、おしげさんは八十五になるんですか。あたしもおしげさんにあやかって長生きしたいものですよ」

八重はお世辞でもなく言った。それで気をよくしたのか、おしげは「あんた、雑巾いるかえ」と訊いた。

「あら、いただけるんですか？　嬉しい。雑巾は何枚あっても邪魔になりませんからね」

「そう。銭と同じだよ」

おしげは冗談めかして、にッと笑った。下の前歯が一本だけ残っている。それがおしげの顔に愛嬌を添えていた。

おしげと世間話をしている時、お熊の怒鳴り声が聞こえてきた。お熊は店賃の集金ができない徳三郎を能なし呼ばわりしていた。

「また、始まった」

おしげは苦笑交じりに呟(つぶや)いた。

「大家さんも毎月、毎月、大変ですよ」

八重がそう言うと「なあに」と、おしげはつかの間、狡猾(こうかつ)そうな表情を浮かべた。

「実入(みい)りの割にゃ、さほどの働きをしちゃいない大家だ。お熊さんが癇(かん)を立てるのも無理はないよ」

「大家さんって、それほど実入りがいいんですか」

八重は興味を引かれて、ぐっと首を伸ばした。

「毎月の店賃から幾らか貰(もら)う他、五節句(ごせっく)にゃ、一軒につき、五十文から七十文の節句銭をせしめる。それだけでも年に三両や五両になるわな。それだけじゃないよ。下肥代(しもごえ)は全部、大家のものになる。年の暮に長屋中に餅(もち)を振る舞ったって、おつりが来るというものだ」

長屋の住人の糞尿は近郊の農家が肥料として買いに来る。

「でも、大家さんになる時は株を買わなきゃならないのでしょう？」

八重は覚えていることを言った。

「あの大家は二十両で株を買ったと言っていたよ」

「まあ、二十両も」

八重は眼を丸くした。庶民にはとても手が出せない額だ。

「あいつは質屋の番頭をしていたんだよ。店を辞める時に旦那から貰った慰労金で株を買ったんだ。だが、あれから何年経つと思う。とうに元は取っているわな。それに任されている裏店は半助長屋ばかりじゃない。他にもあるんだからね」

その勘定だと、お熊よりも実入りがいいことになる。徳三郎に対する同情心は、いつの間にか消えていた。

「毎月の店賃が払えないなら日払いにして貰うといいのに」

徳三郎は、そういう頭も働かないのだろうか。

「あの大家は気が利かない男なのさ」

おしげはずばりと言う。おしげにまでそう言われては徳三郎の立つ瀬も浮かぶ瀬もない。

八重は何んだかおかしくて、くすりと笑った。おしげが人の悪口を言っても嫌味がないのは年の功だ。

「そいじゃ、近い内に雑巾を届けるよ」

おしげは「よっこらしょ」と掛け声を入れて腰を上げた。

「暑いですからね、暑気当たりにならないようにお気をつけて下さいよ」

八重は店の外まで見送りながら、おしげの身体を慮(おもんぱか)る。

「大丈夫さ」

「余計なことですけど、ご親戚の方でもいらっしゃらないのですか」

たまには独り暮らしのおしげの様子を見に来て、話でも聞いてやったら慰めになるだろうと思う。

「誰もいないよ。倅(せがれ)が一人いたが、そいつは首を縊(くく)って死んじまったからねえ」

おしげはその時だけ寂しそうに言った。

「まあ、悪いことを訊いてしまってごめんなさい」

「いいんだよ。だが、お前さんの娘が時々、顔を見せてくれるから嬉しいよ。本当の孫のように可愛いやね」

少し姿が見えないと、おみちは心配になって様子を見に行くようだ。

「でも、この先、何かあったら心配ですよ」

「お八重さんは、わたいがお陀仏になったらどうしようと思っているんだろ？」

「いえ、そんなことは……」

おしげの言うことは図星だったが、まさかその通りとも言えないので、もごもごと言い繕った。

「世の中、なるようになるものだ。はい、ごめんなさいよ」

おしげは朗らかに笑って、通りをよろよろと帰って行った。

ほっと息をついだ途端、お熊がいつものように蒲団叩きを始めた。徳三郎は暗い顔でお熊の家を出て来ると、もの干し台をそっと見上げた。

「おれの言ったこと、忘れんなよ。もたもたしているとお払い箱にするからな」

お熊の言い方はいかにも意地が悪かった。

徳三郎はお熊と八重に交互に頭を下げ、すごすごと去って行った。

「店賃の集金がはかばかしくないのですか」

八重は強い陽射しを避けるように、額に手をかざしてお熊に訊いた。

「その通りよ。まともに払うのはおしげさんぐらいで、後は何んのかんのと理屈をつけて払わねェ。こうと半年も店賃を溜め込んでる者もいる始末だ。全く、やっていられねェよ」

お熊はくさくさした顔で蒲団を叩く。

「困りましたねえ」

「ああ、困るよ。こっちだって組合に払うものとか色々あるんだ。そいつは店子が店賃を溜めていようがいまいが、お構いなしだ。世間様は家主だから左団扇(ひだりうちわ)で暮らせるだろうと言うが、とんでもねェ話よ。こちとら、棺桶(かんおけ)に片足突っ込んでいるような倅を抱えてあくせくしているのによう」

お熊の愚痴はだらだら続く。

「ああ、暑い。くらくらする。お熊さん、悪いけど、店に入らせていただきますよ」

八重はお熊の話の腰を折った。お熊は返事をせず、ばしばしと蒲団叩きを続ける。

浅黒いお熊の顔には玉のような汗が光っていた。江戸は油照りの夏を迎えていた。

二

その年の夏は例年よりも暑い日が続いた。

さすがのおしげも暑さがこたえているらしく、外で見掛けることは少なかった。

おみちが様子を見に行った時、おしげは茶の間で横になっていたという。

「ちゃんとごはんを食べているのかしら。近所のおかみさん達が気をつけていると言っても、二六時中、見ている訳じゃなし、本当に心配よ」

おみちは戻って来て、八重にそう言った。

「独り暮らしは心配だねえ。最後は、あたしもおしげさんのようになるのかと考えたら、とても他人事とは思えないよ」

「変なこと言わないで。おっ義母さんには、あたしや姉さん達がついているじゃない。独りになんてしておくもんですか」

おみちは口を返した。その気持ちが嬉しくて、八重は思わず、涙ぐみそうになった。

「息子さんは首を縊ったそうだが、どうしたことだろうねえ」

八重はおしげがふと洩らした話を思い出した。

「息子さんは両替屋に勤めていたんですって。好きな女の人ができて一緒になろうとしたのだけど、その女の人、どうも岡場所にいたらしいのよ。それで身請けのお金を工面しようとして、お店のお金に手をつけてしまったらしいの」

「まあ……」

「おまけに、その女の人、本気じゃなくて息子さんを騙していたのよ。息子さんは裏切られるわ、お金は戻って来ないわで前途を悲観したらしいの。お婆ちゃん、ひと言打ち明けてくれたらって泣いていた」

「そうだったの」

「お爺ちゃんは大きな農家の次男坊だった人で、親から貰った田圃を幾らか持っていたそうなの。でも、日照りが続いて、つくづくお百姓がいやになり、田圃を手放して江戸へ出て来たのよ。こっちで青物屋さんを始めて、それなりにうまく行っていたみたい。田圃を手放した時のお金もあったから、人にお金を貸すことも多かったそうよ。だけど、お婆ちゃんは、お金なんて貸すもんじゃないと言っていた。借りる時はぺこぺこするくせに、返す時には、まるで木で鼻を括ったような態度をするって」

「借りる時のえびす顔、返す時の閻魔顔って言うからねえ」

八重はよく聞く諺を持ち出す。

「息子さんはお爺ちゃんと借りた人とのやり取りを見ていたから、自分が本当に困っても何んとかしてくれとは言えなかったらしいのよ」

「お金があっても、それじゃ何んにもならないねえ」

「おまけにね、泥棒に入られたこともあるんですって。お爺ちゃんは頭を殴られて血を出し、お婆ちゃんも顔を殴られて、眼の周りがどす黒くなったそうなの。泥棒は間もなく捕まったけれど、その泥棒、以前にお爺ちゃんからお金を借りて踏み倒した男だったのよ」

「泣きっ面に蜂だねえ」

「もう、何よ。さっきから妙なことばかり言って。人が真面目に話をしているのに」

おみちは、むっとした顔で言った。

「ちゃんと聞いているよ。そういう諺があるってことじゃないか」

八重は慌てて取り繕った。

「ねえ、おっ義母さん。もしもの話だけど、お婆ちゃんが亡くなったら誰がお弔いを出すの？」

おみちは前々から気になっていたようで、そっと訊いた。

「誰って……」

八重は言葉に窮した。おみちの心配はもっともである。

「お香典を出しても受け取る人がいないじゃないの」

「そうだねえ。近所の人が集まって、それで簡単にお弔いをすると思うけど」

「お寺からお坊さんが来たら、お布施は誰が払うのかしら」

「さあ、それもどうなるか。気持ちのある人が払うのじゃないかえ」

「ああ、もう埒が明かない。気持ちのある人なんて、この辺りにいるのかしら」

「おしげさんは、世の中、なるようになるって言っていたよ。先のことを心配しても、どうなるものじゃないって」

「それはそうだけど……」

「鶴太郎さんは、この暑さで具合を悪くしていないかえ」

八重は話題を変えるようにお熊の息子のことを持ち出した。今からおしげの弔いの心配をしても仕方がないと思ったからだ。

「あの人、夏は、わりかし強いんですって」

おみちは少し嬉しそうに応えた。

「そうかえ……」

あの人と呼んだおみちのもの言いが気になる。おみちは時々、鶴太郎と話をしているらしい。二人がお互いを憎からず思っている節も感じられる。鶴太郎の病が治ることは八重ももちろん望んでいるが、本復しておみちを嫁にほしいと言われたらどうしようと、余計な心配も頭をもたげる。全く、次から次と悩みの種が出てくるものだ。

「この頃ね、鶴太郎さんは傘に使う油紙で凧を拵えているのよ」

「凧？」

「ええ。どこからか古傘の油紙をたくさん貰って来たんですって。傘の骨は削り直して新しい傘にするのだけど、油紙の破れたのはしょうがないでしょう？　でも、うまく切れば凧にできるんですって。それで、その凧に得意の絵を描くらしいの。あたしに一つやろうかなんて言ったけど、あたしは凧を貰っても仕方がないから、さり気なく近所の子供にあげてと断ったの。あの人、少しがっかりしたみたい」

おみちは含み笑いを堪(こら)えるような顔で言った。鶴太郎は存外にうぶな男のようだ。若い娘が何を貰えば喜ぶか、とんとわかっていない。凧を貰って喜ぶ娘などいないだろう。

「あの人もこの先、どうなるんだか。病じゃ働けないし、母親もあの通りだし……」

おみちは途端に暗い表情になった。鶴太郎は労咳(ろうがい)を患(わずら)い、寝たり起きたりの毎日だったからだ。

「本当だね。どこの家もうまく行かないことの一つや二つはあるものだねえ」

八重は大袈裟(おおげさ)なため息をついて言った。

「要は気の持ちようね。何があっても、その内、何んとかなるさと気軽に構えていればいいのよ。落ち込むのが一番駄目ね」

「鶴太郎さん、おみちを嫁にほしいと言わないだろうか」

言うつもりはなかったが、言葉がつい口を衝(つ)いた。おみちは、その瞬間、はっとした顔になった。八重もしまったと思った。

「ごめんよ。余計なことを言っちまった」

八重はおみちの視線を避けて謝った。

「ううん、それはいいの」

おみちは無理に笑顔を見せたが、その後で台所へ引っ込んでしまった。

「暑いから、今夜はお素麺(そうめん)にしようか」

八重はおみちの気を引くように声を掛けた。

「そうねえ……でも、あたしは冷奴がいいなあ」

「油揚げを焼いて大根おろしを添えるのも乙(おつ)だよ」

「それにしようよ」

おみちの声に張りが戻った。

「角屋さんでお豆腐と油揚げを買ってこよ」

おみちは台所から小鍋を持って来ると、下駄を突っ掛け、いそいそと外に出て行った。

外は眩(まぶ)しい陽射しが降り注いでいる。八重は化粧紙を揃(そろ)えながら短い吐息をついた。

三

おみちの心配は不幸にも当たってしまった。

おしげは、それから少しして、眠るように息を引き取ってしまったのだ。夏の暑さが、ことの外、おしげにはこたえたらしい。食欲がなくなり、おまけに夏風邪を引いたのが命取りになったようだ。半助長屋は上を下への大騒ぎとなったらしい。お熊もそれを聞くと、蒲団叩きなどしていられず、おしげの弔いの準備に奔走した。おみちはおしげの家に行ったきり、一向に戻る様子がなかった。

八重も様子を見に行きたかったが、店があるのでそれもできず、気を揉むばかりだった。

半助長屋と自宅を行ったり来たりするお熊に八重は外へ出て声を掛けた。

「お熊さん。大変でございますね」

「ああ、大変だよ。これからおしげさんの家の中を片づけて弔いの用意をしなければならないからね」

「おみちはどうしているんでしょうか。おしげさんの所へ行ったきり、戻らないんですよ」

「おみっちゃんは近所の女房達と仏さんの帷子(かたびら)を縫ったり、片づけをしてくれてるよ」

その時だけ、お熊は表情を弛(ゆる)めた。

「そうですか」

「弔いには、あんたも来ておくれな。なに、香典はいらないからさ」

「ええ。香典のことはともかく、お線香は上げさせていただきますよ。でもお熊さん。檀那寺(だんなでら)からはお坊さんがいらっしゃるのでしょう？」

「ああ。経の一つも読んで貰わなきゃ弔いの体裁(ていさい)が調(ととの)わないよ」

「そのう……掛かりはどうなるのでしょう」

「銭のことかえ？　銭は心配ないよ。おしげさんは、こうなることを前から考えて檀那寺に弔いの銭と永代供養の銭を払い込んでいたんだよ」

「できた人ですねえ」

八重はおしげの用意のよさに感心した。

「ああ、できた人だ。残っている銭はおれに渡して、店賃を溜めている者の足(た)しにしてくれと書き置きもしていた。大家じゃなくて、おれにと言うところがミソよ。あの大家じゃ手前ェの懐に入れるのが落ちだと、おしげさんもわかっていたんだよ」

「………」

「だがおれは、おしげさんの銭を店賃の不足に充てるつもりはねェよ。これから盆や彼岸におしげさんのお参りに遣うんだ。血も繋がっていない赤の他人の店賃をおしげさんが被ることはないのさ」

「それもそうですねえ」

お熊自身もおしげの金を私する気持ちはないらしい。八重は少しだけお熊に対して尊敬の気持ちを抱いた。

「精進落としの料理はおれが張り込むから、お八重さん、来ておくれよ」

お熊は念を押して半助長屋へ慌しく向かった。


おしげの弔いは近所の人間だけでしめやかに営まれた。弔いには何度も出席している八重だったが、おしげの弔いほど胸に残るものは、過去になかった。女房達は手を取り合って、おしげの死を悼み、土間口の外では男達が床几に並んで腰掛け、おしげの思い出話をしていた。

僧侶の説教で八重はおしげの知らなかった一面を教えられた。おしげは信心深い女で、春秋の彼岸、盆は言うに及ばず、亭主と息子の月命日には墓参りを欠かさなかったそうだ。

息子が亡くなった後は、寂しさのせいもあったろうが、捨て子を預かり、その子が奉公に上がる年頃まで育てたこともあったらしい。

長く患うこともなく、近所の人間に見守られてあの世へ旅立ったおしげが、八重には羨ましい。独りで死んで行くことは、ちっとも寂しいことではないと、八重はおしげから教えられた気がした。貰った二十枚の雑巾が、皮肉にも形見分けの品になってしまった。だが、心の温まるような思いは、そこまでだった。

弔いの儀式が滞りなく終わると、お熊が手配した精進落としの料理が運び込まれた。それは二ノ膳つきの豪華なものだった。何しろ家が狭いので裏店の住人達は中に入り切れず、外に莫蓙を拡げて食事をする者も出るありさまだった。夏場のことで、外にいる者は、さして苦にするふうでもなかった。徳三郎は「詰めて。もっと詰めて下さいよ」と甲高い声を上げていた。

おみちはお熊の家で鶴太郎と一緒に食事をすることにしたので、そこには顔を出していなかった。おしげに育てられたという三十前後の女が赤ん坊を連れてやって来たので、八重はおみちにそうするように言ったのだ。一人でも抜けると座り場所に余裕ができる。

女房達は、今までろくに顔も出したことのない女が急にやって来たことで、誰しも居心地の悪い表情をしていた。

「おしげさんが亡くなったと聞けば、知らん顔もできないじゃないですか。黙ってお参りさせてやって下さいな」

八重は女房達にそっと囁いた。

「でもねえ、死ぬ前に一度ぐらい顔を出しても罰は当たらないと思うけど……お松さんが所帯を持ったことも、あたし等知らなかったんですから。こうと十年近くも、ここへは来ていないと思いますよ」

お紺という四十がらみの女房はそう言った。

おしげに育てられた女はお松という名で、商家に女中奉公していたという。八重の目には、それほどいい暮らしをしているようには見えなかった。どこか嫁のおてつに似ているのが気になった。

膳についた銚子の酒がほどよく回った頃、そのお松がおずおずと口を開いた。

「皆様にはおっ義母さんが大層、お世話になりました。ありがとう存じます」

殊勝に礼を述べたので、住人達も、なになにと手を振った。

「お弔いも立派にしていただき、こんなお料理も取り寄せていただいて、何んとお礼を申していいのか……あたしはこの先、おっ義母さんの菩提を弔うつもりなので、皆さん、どうぞよろしく」

「そんな気遣いはいらないよ。おしげさんは寺に永代供養を頼んでいたからね。あんたが心配することもない」

お熊は吸い物を啜りながら応えた。

「でも、そういう訳には行きませんよ。血は繋がっていなくても、あたしはおっ義母さんのことを実の母親とも思っておりましたから」

「そうかえ。それならそれで結構なことだ。そいじゃ、時々、墓参りでもしてやっとくれ」

お熊は素直に応えた。

「はい、承知致しました。それで、おっ義母さんの所に集まったお香典はあたしが引き取ってよろしいでしょうか。今後のこともありますので」

お松がそう言った時、周りは一瞬、しんとなった。八重もぐっと喉が詰まる思いだった。徳三郎は何も言わず、酢の物の小鉢をつっ突いている。

「香典なんざ、誰も出していないよ。受け取る身内がいないからね」

お熊は白けた表情でお松を見た。

「それじゃ、お弔いの掛かりはどうしたんですか」

お松は途端に慌てて訊く。

「おしげさんは寺に葬式代を前払いしていたから何んの心配もいらなかったよ。この料理は家主としてのおれの気持ちよ」

お熊はもったいをつけて言う。

「おっ義母さんは他に一銭も残していなかったんですか。そんな馬鹿な」

お松の顔色が変わった。やはり、お松はおしげの金を目当てに現れたのだと八重は思った。住人達もそれを察したようで、不愉快そうに眉をひそめた。

「おう、お松さんよう。おしげさんの銭を当てにして貰っても困るぜ。おしげさんは残った銭をおいら達の店賃にしてくれと遺言したんだからな。お前ェさんのことは一つも言っていねェ。悪いがおとなしく引き上げてくんな」

大工の手元をしている倉吉という二十歳の男がお松に凄んだ。お松の赤ん坊は倉吉の声に驚いてぎゃっと泣き声を上げた。それに構わず、お松は甲高い声で応酬した。

「どうしておっ義母さんのお金を赤の他人の店賃にしなきゃならないんです？　そんなことは聞いたこともない」

「だからって、あんたにやる筋でもないだろう。あんただって赤の他人じゃないか」

お熊は憎々しげに吐き捨てた。その時だけ住人達はお熊に味方する表情だった。子供は泣き止まない。まだ生まれて一年ほどにしかならない赤ん坊だった。

八重は見かねてお松の手から赤ん坊を受け取ると外へ連れて行った。

その間にもおしげの銭をめぐってお松と住人達の言い争いは続いた。

「銭をせしめる魂胆で弔いに来るとは呆れた女だ。銭はおいら達で分けると決まっているのによう」

外の男達がぶつぶつと文句を言った。

どうしてこう、了簡の狭い人間ばかりなのだろう。八重は情けなくて涙ぐんだ。赤ん坊は何も知らず、赤い舌を見せて泣いている。八重は「おう、よしよし」と宥めた。

その内に男達の怒号はお松ではなく、お熊に向けられた。倉吉が遺言だ、遺言だと盛んに言っているところは、お熊がおしげの金を店賃にも遣わないと、はっきり宣言したからだろう。

「ふん。お前達は安心して店賃を払わないつもりかえ。倉吉、仮におしげさんの銭を店賃に充てても、お前は半年も溜め込んでいるんだ。とても足りないねえ」

「何んだと！　半年や一年、店賃を溜めている者は、この江戸にごまんといらァ」

「おや、大威張りで言ってくれるじゃないか。そんな店子は願い下げだ。とっとと出て行っておくれ。おれの所より安い店賃の塒（ねぐら）を見つけるこった」

「ほざいたな、この婆ァ！　年がら年中、蒲団叩きばかりしくさって、いい加減、蒲団綿（わた）もよじれるというもんだ。そんなことだから青びょうたんの伜ができ上がるんだ。手前ェの了簡こそ改めやがれ！」

精進落としがとんだ修羅場になってしまった。とうとう、土地の岡っ引きまで出て来る羽目となってしまった。

八重は赤ん坊をお松に返すと、ひと足先に家に戻った。どっと疲れを覚えた。あの世でおしげは、さぞ困惑しているだろうと思った。

おみちは八重が帰ったことに気づくと、自分も戻って来て声を掛けた。

「おっ義母さん。ずい分、早かったのね。もう終わったの？」

「何んだか疲れたから、先に帰って来たよ。鶴太郎さんはおいしいって食べたかえ」

「ええ。でも、好き嫌いが激しいからお膳のお料理の半分も食べなかった。お酒はおいしそうに飲んだけど」

「お酒なんて飲んで大丈夫だろうか」

「たまにならいいでしょうよ」

「そうかえ……」

「浮かない顔ね。何かあったの」

「ああ。おしげさんに育てられたという女が子連れでやって来ていたろ？　おしげさんの残したお金をよこせと言い出したものだから大騒ぎになっちまったんだよ」

「まあ……」

「長屋の人達は、その金はおしげさんが店賃の足しにしろと遺言したんだと譲らなくてね、仕舞いにゃ、お熊さんとも揉めてしまったんだよ」

「大家さんはいなかったの？」

「いたけど、うまくまとめることもできなかった。黙ってなりゆきを見ているだけだったよ」

「役に立たない人ね」

「ああ。お熊さんが能なし呼ばわりするのもわかるような気がするよ」

「これからどうなるのかしら。うまく収まるのかしら」

「その内、何んとかなるだろう。おしげさんも、世の中、なるようになるって言っていたからさ」

「あたし、少し横になる。身体が重くて」

おみちは八重の話を皆まで聞かない内にそう言った。おみちはほてった顔をしているように思えた。

「疲れが出たんだろうか」

八重が何気なくおみちの額に触れると、少し熱が感じられた。

「熱があるようだよ。今日は何もせずにおとなしく寝ていた方がいい」

八重は慌てて奥の間に蒲団を敷いた。いつもは自分がやると言うおみちだが、その時は火鉢に凭れる感じでぼんやりとしているだけだった。蒲団に入ると、おみちは猛烈に頭が痛いと訴えた。八重はおみちの額に濡れた手拭いをのせると、医者の家に走った。

四

　それからおみちの熱は高くなり、ひと晩中、苦しんだ。八重はおみちが心配で帯も解かずに看病した。医者が処方してくれた薬が効いて熱が下がったのは明け方になってからだった。おみちはようやく安らかな寝息を立てるようになった。おみちが熱に浮かされている時「鶴太郎さん、鶴太郎さん」とうわ言を洩らしているのが八重は気になった。やはりおみちは鶴太郎を慕っているのだと思った。

　八重はおみちに食べさせるお粥の仕度をしてから店を開け、暖簾を掛けた。一睡もしていなかったが、八重はさほど疲れを感じていなかった。

「お早うございます」

　八重の背中で若い男の声がした。振り向くと、鶴太郎が覚つかない足取りで家から出て来ていた。

「お早うございます。鶴太郎さん、ずい分、早起きなんですね」

「昨夜は何んだか眠れなくて……おみっちゃんのことがやけに気になって」

「………」

「いえ、変な意味じゃありませんよ。昨日のおみっちゃんは、ぼんやりして疲れているような様子でした。お医者さんもいらっしゃったようでしたので、何かあったのかと……」

鶴太郎は慌てて言い訳した。相変わらず色は白いが、以前と比べると顔色がよくなったと八重は思う。

「昨夜、おみちは熱を出しましてね、順庵(じゅんあん)先生に診(み)ていただいたんですよ。どうも夏風邪を引いたらしいです」

梁瀬(やなせ)順庵は堀江町で開業している町医者だった。鶴太郎は言葉に窮した様子で黙った。

「幸い、熱は引いたようなので、どうぞご心配なく」

八重は鶴太郎を慰めるように続けた。

「わたしはこの通り、労咳を患っております。おみっちゃんにうつしては大変なので、当分、うちに来るのは控えた方がよろしいでしょう。おみっちゃんに、そのように伝えて下さい」

鶴太郎は俯(うつむ)きがちに言った。

「鶴太郎さん。労咳ってうつるんですか」

八重は慌てて訊いた。

「身体が弱っている時、ふとした拍子に病の者の唾でも掛かったら、うつる場合が考えられます」

「でも、お熊さんは何んともないじゃありませんか」

「お袋は癇症に手を洗いますし、湿った蒲団を欠かさず陽に干します。用心がいいので大丈夫です」

そうか。お熊が毎度蒲団叩きをするのは用心の意味もあったのだと八重は合点した。

「おみっちゃんは、これから嫁に行かなきゃならない人だ。大事があっては大変ですよ」

鶴太郎は弱々しく笑って続ける。

「鶴太郎さんは、もしも達者だったら、おみちをおかみさんにしたいと思います？」

八重は思わず訊いてしまった。

「小母さん、悪い冗談だ。よして下さい」

鶴太郎は笑顔を消して家の中に戻って行った。八重はつまらないことを口にしたと後悔した。黙っていればよいものを、言葉がつい、口を衝いて出る。亡くなった亭主に、そのことでよく叱られたものだ。

（お前ェは何んでも彼でも喋ってしまうおなごだ。正直なのはわかるが、それで相手が胸に、ぐっとくることもあらァな。よく気をつけてものを言うこった）

三右衛門の言葉が甦った。だけどお前さん。これはお前さんの大事なおみちのことだ。黙っている訳にはいかないのだよ。

八重は胸で呟いた。

家に戻り、奥の部屋におみちの様子を見に行くと、おみちは眼を開けていた。

「具合はどうだえ」

「ええ。少し楽になった」

「そうかえ。順庵先生の薬が効いたようだね」

「そうかも知れない。外で鶴太郎さんの声がしていたけど、あの人、何んて？」

「ああ。昨日からお前がぼんやりしていたし、順庵先生も見えていたから、何かあったのかと心配していたよ」

「そう」

気のない返答をしたが、おみちの表情は嬉しそうだった。

「身体が弱っている時、労咳を患う者の傍にいてはうつるから、当分、鶴太郎さんは、自分の所に来ないでくれと釘を刺していたよ」

「…………」

「ちゃんとお前のことは案じているんだ。言う通りにした方がいい」

「わかった……」

おみちはそう応えたが、蒲団を引き上げて顔を隠した。

「お粥、拵えたよ。たくさん食べて元気になって、そいでまた、鶴太郎さんの所へ遊びに行けばいいんだ」

八重は慰めたが、おみちは嗚咽を洩らすばかりで何も応えなかった。

おしげの銭は、結局、半助長屋の店賃の足しにすることで話が纏まった。そうしなければ住人達が承知しないと大家の徳三郎はお熊を説得したからだ。お熊は渋々、大家の言い分を呑んだ。とは言え、おしげの金はあらかたお熊に渡されたので、住人達の手には一銭も残らなかった。それでも住人達は幾分、気が楽になったようだ。

納得しなかったのはお松だった。自分にも幾らかよこせと、何度も通って来る。その度にお熊に竹箒で追い払われていたが、お松は怯まなかった。お熊が根負けするまでやって来るつもりのようだ。

その日も、朝から赤ん坊を背負ってお松は堀江町にやって来たが、何を思ったのか八重の店に立ち寄り「すみませんが、ちょいと坊を預かって下さいな」と言った。

「お松さん、困りますよ。うちはこの通り、商売をしているんですから」

八重は迷惑顔で断った。

「ほんのちょっとの間ですよ。坊が泣けば話にも何んにもなりゃしない。うちもねえ、亭主がよそに借金して、掛け取りが夜となく昼となくやって来て、落ち着かないんですよ。ここは少しでも工面して返さなきゃ、亭主は簀巻きにされて大川にドボンと放られないとも限らないんですよ」

お松は必死だった。ようやく風邪が癒えたおみちは赤ん坊を見て相好を崩した。

「あたしが面倒を見る。お松さん、なるべく早く戻って来て下さいね」

と、言った。お松は安心したように、にッと笑い、足早にお熊の家に向かった。

案の定、お熊の怒鳴り声が外まで響いた。

「何度来たって同じだ。お前さんに渡す銭なんざありゃしない。とっとと帰りな」

「後生です。困るんです。当座の暮らしの足しになるだけでいいですから」

お松は恥も外聞もなく縋っていた。八重は、そっと耳を塞いだ。人間、とことん金に詰まればそんなふうになってしまうのか。ふと、長男の嫁の顔が八重の脳裏をよぎった。嫁のおてつも、今頃どこかでお松のように金の無心をしているのだろうか。三人の子供達はどうしているだろうか。八重はいたたまれない気持ちだった。おみちは赤ん坊が可愛くて、八重の気持ちなど一向に頓着していない。

「死んでやる！」

突然、激しい言葉を投げつけて、お松がお熊の家から出たようだ。そのまま八重の所に来るものと思ったが、いつまで経ってもその様子がない。八重は店から下駄を突っ掛けて外に出た。外は相変わらず、夏の眩しい陽射しが降っている。青物売りが天秤棒を担いで八重の前を通りすぎた。しかし、お松の姿は見えなかった。

「もし、お熊さん」

思い余って八重は遠慮がちにお熊の家に声を掛けた。

お熊の家の土間口は油障子が開け放たれ、半分ほど巻き上げた簾を掛けていた。

簾の陰から家の中をそっと覗くと、お熊は団扇を使いながら煎餅をばりばりやっていた。その向こうで、庭の花を写生している鶴太郎の背中が見えた。

「何んだえ」

お松とのやり取りの後だから、お熊は、すこぶる機嫌の悪い表情だった。

「お松さんはおりませんか」

「帰ったよ」

ぶっきらぼうに応える。

「帰った？」

「おれが相手にしないもんだから、死んでやると捨て台詞を吐いて出て行ったわな。死んで見やがれってもんだ。いっそ、清々すらァ」

「そんな。うちに赤ん坊を預けて行ったんですよ」

「何んだって？」

一瞬、呆気に取られたような顔をしたお熊だったが、その後で、豪快な笑い声を立てた。

鶴太郎は振り返り、八重にこくりと頭を下げた。八重もそれに応えて小腰(こごし)を屈(かが)めた。

「笑い事じゃありませんよ」

だが、八重はすぐにお熊に言った。

「あの女、頭に血を昇らせて、手前ェの餓鬼(がき)のことも忘れっちまったらしい。大した女だよ、全く」

お熊は不愉快そうに吐き捨てた。

「どうしたらいいんでしょう」

「その内、引き取りに来るだろう。手に余るようなら自身番に連れて行きな。大家と駒蔵(こまぞう)親分がいるから何んとかしてくれるだろう」

「小母さん。おみっちゃんの風邪は治ったかい」

鶴太郎が気になっていた様子で訊いた。

「ええ。もうすっかりよくなりました。ご心配をお掛け致しました」

「気になるんなら、お前が様子を見て来たらいいじゃないか」

お熊が口を挟(はさ)んだ。鶴太郎はお熊に返事をせず、黙ったまま写生を続けた。

「お邪魔致しました」

八重は鼻白んでお熊の所から踵を返した。

店に戻りながら、八重は、もしもお松が戻って来なかったらどうなるのだろうと考えた。

悪い方向に考えてしまうくせが、八重についてしまっている。ぼやぼやしていたら足許を掬われる。

「おっ義母さん。お松さんはまだ？」

店に入ると、おみちが赤ん坊を抱いてあやしながら訊いた。

「その子、置き去りにされちまったようだよ」

「そんな」

「もう少し待って、それでもお松さんが戻って来ないようだったら自身番に連れて行くしかないだろう」

「駄目よ、そんなこと。親分が赤ん坊の面倒を見られる訳がないじゃない」

おみちは即座に八重の意見に反対した。

「親分には、おかみさんがいるだろうに」

「親分は子供が五人もいるのよ。おかみさん、これ以上、よその子供の面倒まで見られるもんですか」

おみちの言うことはもっともだった。

「ちゅうちゅうと指をしゃぶっている。この子、お腹が空いているみたい」

「お粥炊いてやろう。その前におむつの用意をしなきゃ。近所に声を掛けて、おむつを分けて貰うよ」

「その風呂敷包み」

おみちは土間口の床几を顎でしゃくった。

「それ、おむつじゃないの？」

蒲団の皮で拵えたような風呂敷が床几の上にぽんとのっていた。八重が風呂敷を解くと、果たしておむつの束が中に入っていた。

お松は最初から計画的に赤ん坊を預けて行ったのだろう。八重は頭の中がくしゃくしゃして、簪の先で髷の根元をがりがりと掻いた。

「いらいらしているの？　大丈夫。あたしが面倒を見るから。ほら、この子、人見知りもしないで、おとなしくしている。いい子だこと」

おみちは愛しげな表情で赤ん坊を見つめた。

八重もお松が引き取りに来るまで赤ん坊を預かるしかないとは思ったが、やり切れないため息が自然に出た。おみちがくすりと笑った。

五

だが、二日経っても三日経ってもお松は現れなかった。八重は岡っ引きの駒蔵と徳三郎に今後のことを相談するため堀江町の自身番に出向いた。当分は赤ん坊の面倒を見るつもりでいたが、そのままにもしておけなかった。それにお松の行方も気になる。

駒蔵と徳三郎の詰めている自身番は親父橋の近くにある。八重が訪ねた時、ちょうど駒蔵も徳三郎も自身番にいた。

「おや、富屋のおかみさんじゃねェか。どうしやした。お熊さんが、また何かやらかしたのかい」

駒蔵は冗談でもなく訊いた。富屋は八重の店の屋号である。駒蔵は四十そこそこの男盛り。町内の目配りも利いて頼りになる男だった。

「いいえ。あの、お松さんのことなんですが……」

八重は気後れを覚えながら言った。自身番など、滅多に来たことはなかったからだ。

「お松？　おしげさんに育てられた、あのお松のことかい」

だが駒蔵は八重の気持ちなど意に介するふうもなく訊いた。

「ええ」

「おかみさん。お松さんがあんたに銭の無心でもしたんですか」

徳三郎は先回りして言う。

「いいえ、そうじゃないんですよ。お松さんが赤ん坊をうちに預けて行ったきり、もう三日も引き取りに来ないんですよ。赤ん坊はうちで面倒を見ておりますが、そのままにもしていられなくて」

「そら、そのままじゃいけねェよ。どれ、お松のヤサ（家）に行って様子を見てくるか」

駒蔵は腰を浮かした。

「親分。お松さんの居所をご存じだったんですか」

八重は驚いた顔で訊いた。

「知っているよ。小網町（こあみちょう）の裏店にいる」

「早く言って下さいな」

八重はいらいらした声になった。

「こっちこそ、お松の赤ん坊のことを早く言って貰いてェもんだった」

「うちの娘が、赤ん坊のことは親分の手に余るだろうって言ったからですよ」

「おみっちゃんは心根が優しいよ。できた娘だ」

駒蔵は感心した表情で言った。

「ありがとうございます。でも、それよりお松さんのことが心配ですよ。お熊さんの家に行って、すげなく追い返されると、死んでやると言って帰ったそうですから」

八重がそう言うと、駒蔵と徳三郎は顔を見合わせた。

「まあ、お松さんもお松さんなら、お熊さんもお熊さんですからね」

徳三郎は訳知り顔で応える。

「全くこの町内はどうなっているんでしょうね。あたしはつくづく厄介(やっかい)な所へ越して来たものだと後悔しているんですよ」

八重はくさくさした顔で吐き捨てた。

「そう言わねェでくれよ、お八重さん。あんた等親子がこっちへ来てから、風向きがよくなったと思っているんだからよう。ここらの連中は大人気ない奴が揃いも揃っている。他人様のことなんざ、とんと考えねェ。おしげさんのことだって、半助長屋の連中以外、心配してくれる者はいなかった。おみっちゃんが時々、様子を見に来ると聞いて、おれァ、心底、たまげた。そんな情けのある娘が町内にいたのかってな。そうしたら、今まで知らんふりしていた山本屋のおかみまでおしげさんの様子を気にするようになった。な、だから、お前ェさん達には、いつまでもここにいて貰いてェのさ。なに、何かあったら、この駒蔵が、ちゃんと力になるって」

駒蔵は阿るように言った。

「ええ……」

駒蔵の言葉は嬉しかった。徳三郎も傍で相槌を打つように肯いた。駒蔵はさっそくお松の所に行くと約束してくれた。八重は少しほっとして店に戻った。

その日の夕方。お松の亭主だという男が駒蔵と一緒に赤ん坊を引き取りに来た。お松の話では飲む、打つ、買う、の男と思っていたが、そうではなかった。気の弱そうな左官職だった。

「おかみさん。ご面倒をお掛け致しやした。嬶ァは坊主を知り合いに預けたと言っておりやしたんで、てっきりそのつもりでおりやした」

左右吉という三十がらみの亭主は疎らに毛の生えた月代を撫でながら言い訳した。

「お松さんはどうしているんです？」

八重は怒気を孕ませた声で訊いた。赤ん坊はお松が引き取りに来るのが筋だろうと思っていたからだ。

「体裁が悪いんだよ。おかみさん、大目に見てやってくれ」

駒蔵は左右吉の肩を持つように言った。八重は茶の間のおみちを呼んだ。おみちは事情を察したらしく赤い眼で赤ん坊を抱えて出て来た。情が移って、赤ん坊と別れるのが辛いらしい。

「娘さん。お世話になりやした」

左右吉はおみちに礼を言った。

「それはいいんです。手が掛からなくていい子でしたよ。でも、お松さんに言って。もう、子供を手許から放さないでって。坊が可哀想ですよ。子供は母親の傍にいるのが一番倖せなんですから」

おみちは甲高い声で言うと、赤ん坊を左右吉に渡し、茶の間に引っ込んだ。すぐに押し殺したような泣き声が聞こえた。

「左右吉。お松に言ってやるんだぜ。富屋の娘は餓鬼と別れるのが辛くて泣いていたってな。お前ェもおみっちゃんの泣き声を忘れるんじゃねェぜ」

駒蔵は嚙(か)んで含めるように左右吉へ言った。

「へ、へい。了簡を改めて坊主を大事に育てやす」

左右吉は殊勝に応えた。八重に何度も頭を下げて左右吉は家に戻って行った。

「親分。ありがとう存じます。まあ、ちょいとお茶でも飲んでって下さいな」

「ありがとよ。だが、そうしてもいられねェ。ひとつ厄介事が片づくと、次にまたひとつできる。おれが生きている限り、厄介事はなくならねェらしい。まあ、おれはそんな巡り合わせになるように生まれついたらしい」

駒蔵は自嘲(じちょう)的に応える。

「あたしもそうですよ、親分」

八重は力(りき)んだ声で言った。

「おかみさんもそうけェ……」

応えながら駒蔵は薄く笑った。忙しいと言いながら、駒蔵は八重の話に誘われて腰から莨(たばこ)入れを取り出し、煙管(きせる)で一服点(つ)けた。八重は慌てて茶の間の隅から莨盆を持って来て、駒蔵の横に置いた。

八重の打ち明け話を駒蔵は興味深そうに聞いた。

「おみっちゃんは実の娘じゃなかったのけェ」

駒蔵は感じ入った様子だった。

「でも、今じゃ実の親子以上ですよ。あたしには言いたいことをぽんぽんと言うし」

「それで合点がいった気がするぜ。お前ェさん親子は身内と他人の境がそれほどはっきりしていねェんだな。他人の不幸にも見ないふりができねェ。おれの嬶ァとはそこが違う。他人様の餓鬼が悪さをしても、手前ェの餓鬼じゃなくてよかったなんてほざく。そいつァ、岡っ引きの嬶ァとしちゃ感心しねェ台詞だ。だが、あんた等は違う……おかみさん。この間も言ったが、よそに行くなんて考えねェでくれよ」

駒蔵はしみじみ言った。大層なことはしていないと八重は思う。駒蔵に頼りにされている様子もおもはゆい。

「当分、どこへも行きませんよ。だから安心して下さいな」

八重は笑顔で応えた。

おみちはお松の子供の世話がなくなったので、二、三日は気の抜けたような感じだった。

六

八重はそんなおみちを心配しながら駒蔵の言葉を思い出していた。他人の目には、おみちは思いやりのある娘と映っているようだ。それが八重には何より嬉しい。お松の赤ん坊の世話をするおみちは母親の顔にもなっていた。早く自分の子をその手に抱かせてやりたい。そのためにもよい亭主が必要だが、おみちの今の気持ちは鶴太郎に傾いている。一緒になれないのは承知していても思いはまた別だ。この先、どうなるのだろうか。八重は毎日、詮のないことを考えていた。

次女のおゆりが久しぶりに八重の所に顔を出したのは三右衛門の月命日の日だった。お盆にはおゆりの嫁ぎ先も忙しく、堀江町には来られないかも知れないので、その前にお参りをしようという気持ちになったらしい。仏壇に花と線香代を上げてくれた。檀那寺の僧侶が帰ると、昼食に八重は素麵を茹でておゆりに振る舞った。

「おっ義母さん。兄さん、江戸にいるらしいよ」

おゆりは吐息交じりに言った。

「え、本当かえ」

八重とおみちの箸が止まった。長男の芳太郎は夜逃げしてから行方が知れなかった。

「半ちゃんの家にやって来て、三日もごはんを食べていないから何か食べさせてくれと言ったって」

半ちゃんとは次男の半次郎のことだった。半次郎は本所の青物屋に婿養子に入っている。商売が忙しいので滅多に富沢町の家にも顔を出さなかった。八重とおみちが堀江町に引っ越ししても、まるで知らん振りである。子供が多いと、一人ぐらいそんな者もいる。

「おてつさんと子供達は一緒じゃなかったのかえ」

「半ちゃんの話じゃ、おてつさんは兄さんに愛想を尽かして子供達を連れてどこかへ行ったみたいよ」

「あの人ならそれぐらいするでしょうよ。お父っつぁんが生きていた頃は何んとか助けて貰っていたけど、それがなくなると兄さんに見切りをつけたのよ。兄さんはたくさん稼げないし」

おみちは皮肉な調子で言った。

「兄さんは怠(なま)け者なのよ。こつこつ仕事していれば親子五人の喰い扶持(ぶち)ぐらい出るはずだもの。それに人がいいから、すぐに騙される」

おゆりはため息をついて笊(ざる)の素麵に箸を伸ばした。

「その内、ここに来るかも知れないね」

八重も憂鬱(ゆううつ)な気分で言った。

「多分、それはないと思うよ」

おゆりはきっぱりと言った。

「どうしてだえ」

「さぶちゃんの所にも無心に行ったのよ。さぶちゃんは兄さんに一分(いちぶ)を渡したって」

さぶちゃんとは三男の利三郎のことで貸本屋に勤めている。まだ独り者だった。

「一分も」

八重は驚いた。その金は戻って来ないだろうと思う。

「さぶちゃんは兄さんに、お金は返さなくていいから、おれ達の前から消えてくれって言ったそうよ。おっ義母さんの所にも決して行ってくれるなって釘を刺したって。これ以上、おっ義母さんを苦しませることがあれば自分が承知しないって」

利三郎の気持ちが嬉しくて八重は袖で顔を覆った。

「消えてくれか……さぶちゃんも思い切ったことを言ったものね。兄さん、それを聞いてどう思ったのかしら」

おみちは遠くを見るような眼で呟いた。

「悔しいと思ったのなら、まだ見込みはあるけれど、そんな様子もなかったみたい。あいあいと殊勝な顔で聞いていただけだって。さぶちゃん、いずれ兄さんがもの貰いになるだろうって言っていたのよ。あたしもそう思った」

おゆりの話に八重は声を上げて泣いた。芳太郎が哀れだった。

「おっ義母さん。仕方ないよ。それもこれも兄さんが蒔いた種だもの。おっ義母さんが下手に仏心を起こしても兄さんのためにならない。自分がこうしちゃいられないと気づくまで待つしかないのよ」

おみちは気丈に言って八重の肩を抱いた。

「気づかなかったら？」

八重は潤んだ眼でおみちに訊く。

「それなら、もの貰いに身を落としても仕方がないのよ」

「…………」

「お素麺、片づけるね」

おゆりは威勢よく言って、笊に残った素麺を掻き寄せ、蕎麦猪口に入れた。素麺を頬張るおゆりの眼にも涙が光っていた。

おゆりが帰ると、八重はおみちに店番をさせ、昼食の後片づけをした。笊や蕎麦猪口を丁寧に洗いながら芳太郎のことを思った。どうしてこうなってしまったのだろう。子供が三人もいたら、男は必死で稼ぐものだ。それなのに芳太郎はそうしない。

おしげは世の中、何んとかなると言ったけれど、それは真面目に働いていればの話であって、何もせずにぶらぶらしていたら、何んとかはならないのだ。おてつは芳太郎に見切りをつけ、居酒屋奉公でもして子供達を育てるだろう。だが、それもいつまで続くか。

女の子が年頃になったら遊郭に売り飛ばさないだろうか。八重の脳裏に悪いことばかりが浮かぶ。

後片づけが済んで、茶の間でほっと息をついた時、外からおみちの笑い声が聞こえた。

その笑い声と一緒に鶴太郎の声もする。

「ほら、こっちを見ているぜ。あれ、あの黒いのは尻尾がちょこっと曲がっているよ」

「親の尻尾も曲がっているから似たのね」

おみちの声が弾んでいる。八重はそっと窓から外を覗いた。お熊の家と葉茶屋の山本屋の小路に仔猫がいた。おみちと鶴太郎はしゃがんでそれを眺めていた。二人の肩は今しもくっつきそうに寄り添っている。

仔猫は、八重の家の縁の下で生まれたのではなかった。どこか別の場所で生まれたのだろう。

人は生まれて死に、死んでまた人が生まれる。したたかな生の営みは飽くことなく繰り返される。それは人に限らない。生きとし生けるものは、すべてそうだ。それが世の中というものだ。自分が死んでもこの世は大事がない。そう思うと、途端に生きていること自体がばかばかしくなる。

仔猫はその内に狡猾な野良猫になるだろう。人の目を盗んで七厘の上の魚をくすねたり、窓辺に置いた鳥籠を狙うのだ。

だが、その時の仔猫の表情はあまりにあどけなかった。これから散々、苛められることもあるというのに。

「鶴太郎。餌をやるんじゃねェぞ。口のついたものは厄介だからな」

お熊がもの干し台の上から怒鳴る。鶴太郎は返事をしなかった。お熊はいつもの蒲団叩きを始めた。その隙に鶴太郎はこっそり懐から煮干しを取り出して仔猫に与えた。

仔猫は煮干しに齧りつく。首を振りながら一心不乱に噛み砕く。鶴太郎はさらに懐から煮干しを取り出そうとした。おみちはお熊を気にして、そっと肘で鶴太郎の脇腹を突いた。

「仕方ないよ。どうしようもないよ」

八重は独り言を呟いた。仕方ないのは、どうしようもないのは、仔猫のことであり、鶴太郎とおみちのことでもあった。

八重は水桶を外に持ち出し、柄杓で水撒きを始めた。炎天の陽射しは、柄杓の水だけでは心許ない。八重は思い切って水桶ごとざっと振り撒いた。ゆらゆらと陽炎が立った向こうに、振り返ったおみちと鶴太郎の顔があった。

影法師

一

耐え難い夏がようやく過ぎ、江戸は秋の季節を迎えた。仲秋の名月の夜（十五夜）が近づくにつれ、月の光はいよいよ明るくなり、雲のない夜は外を歩くのに提灯もいらないほどだ。

寝る前に戸締りを確かめる時、八重はつかの間、青白い月をうっとりと眺める。地面も家々の屋根も青みを帯びて、夢幻の心地を感じさせた。

日中、通りを歩く振り売りの花屋も天秤棒に括りつけた籠に、すすきだの、みかん色のほおずきだの、臙脂や黄色の小菊だのを入れている。それを見て、八重は秋だなあとしみじみ思う。店の土間口にある棚に、八重は花屋から買った秋の花を飾った。十五夜には、その横に月見団子を供えるつもりである。

店に訪れる客も、棚の花を見て「早いものですねえ。この間まで暑い暑いと言っていたのに、いつの間にか秋ですよ。ぼやぼやしていたら、すぐに冬だ。ああ、いやだ、いやだ」とため息をつく。

「冬になれば、春は目の前ですよ。くよくよしないでお暮らしなさいまし」

八重はさり気なく客を慰める。客はそれもそうだと笑う。

冬になれば外に買い物に出るのも億劫だし、暖を取る炭代も嵩む。だが、冬を越さなければ春は来ない。美しい桜も眺められない。

名月は天の神さんの伝言とも思える。これから冬になるが、皆んな辛抱して堪えておくれ、見守っているからね、と。

晩飯の仕度を済ませたおみちはひと足先に湯屋へ行った。戻ってきた時には、赤まんま（イヌタデ）の花を携えていた。

「鶴太郎さんから貰ったのよ。お庭にいっぱい咲いたからって」

おみちはそう言って、店の棚の花瓶に赤まんまの花を挿し込んだ。稲の穂に似たぼたん色の花が加えられると、いっそう秋の風情が感じられる。

おみちは花を飾ると、そっと外の様子を窺った。

「どうしたえ」

八重は気になっておみちに訊いた。

「この間から、何んだか後をつけられているような気がしているの。鶴太郎さんが赤まんまを切ってくれた時も、後ろから見られているようだった。何んだか気味が悪くて……」

「鶴太郎さんは何か気づいた様子だったかえ」

「ううん」

「それじゃ、お前の気のせいだよ。兄さんがこの辺りをうろちょろしないかと心配していたから、そんな気持ちになるんだよ」

「兄さんだったら、全然、平気。何をしているのと怒鳴ってやるつもりだもの」

長男の芳太郎は家族と別れ、きょうだいに無心しながら職にも就かずに江戸の町をさまよっている様子だった。そんな芳太郎がこの家に転がり込んで来たら、八重だって困る。米代は増えるし、酒代も掛かる。たちまち八重は暮らしに不足を覚えるはずだ。だが、おみちの手前、そんなことは言えなかった。

「お前、何か心当たりはないのかえ」

「心当たり？」

おみちは思案顔して遠くを見る眼になった。

「問屋さんに仕入れに行った帰り、あたし、道で男の人とぶつかったことがあったのよ。その人、不意を喰らって尻餅を突いたの。謝ろうとしたけど、すごい剣幕で怒鳴ったから、あたし、怖くなって逃げ出したの。その人、覚えていやがれって捨て台詞を吐いていたから、根に持っているのかしら」

おみちはその時のことを思い出して恐ろしそうに応えた。

「どんな人相をしていたんだえ。あんまり気になるようなら駒蔵親分に相談するよ」

駒蔵は町内の自身番に詰めている岡っ引きのことだった。八重が話せば力になってくれるはずだ。

「顔は覚えていないのよ。もう一度会ったら思い出すかも知れないけど」

おみちは自信のない表情で言う。

「気をつけるんだよ。仕入れは当分しなくていいよ。問屋の番頭さんも時々、立ち寄ってくれることだし」

「ええ……」

「何かあったら、どこの家でもいいから、飛び込むんだ。事情を話せば助けてくれるよ」

「わかった」

おみちは素直に応えた。店仕舞いをすると、少し心配だったが、八重も晩飯を食べる前に鶴の湯へ行った。洗い場で糠袋（ぬかぶくろ）を使いながら、おみちの話を思い出していた。ぶつかって尻餅をついたぐらいで、相手の娘をつけ回すだろうか。そんなことをする男は滅多にいないと思いながら、八重は不安を拭（ぬぐ）い切れなかった。

「富屋のおかみさん」

声を掛けられて振り向くと、葉茶屋（はちゃや）のおかみが笑顔を見せていた。

「まあ、お桑さんも今頃の時刻に鶴の湯さんへおいでになるんですか」

「いいえ。いつもは午後になったらすぐに参りますが、今日はお客様が立て込んで……」

「そうですか。ご繁昌（はんじょう）で結構ですね」

八重はお愛想を言った。

「十五夜はお客様がお見えになる家も多いので、お茶っ葉（ぱ）を切らしてはお茶も出せないと慌（あわ）てているんですよ。ささ、おかみさん、たまには背中を擦（こす）ってあげますよ」

「いいえいいえ、お気遣いなく」

八重は遠慮したが、お桑は構わず、ぐいぐいと背中を擦り出した。

「おたくの娘さん、鶴太郎さんと仲がおよろしいですね。いつも楽しそうにお喋（しゃべ）りしていますもの」

お桑は手を動かしながら、そんなことを言う。

「ええ……」

八重は曖昧（あいまい）に応える。

「鶴太郎さんの所へお嫁に出すつもりがあるんですか」

お桑は興味津々（しんしん）という態（てい）だ。

「鶴太郎さんは感じのいい人ですけど、何しろ病（やまい）持ちだ。本復（ほんぷく）しない限り、それはできない相談というものですよ」

八重はやんわりと否定した。おみちと鶴太郎のことは町内の人々の目にも留まっているらしい。八重は何んだか居心地が悪かった。

「そうでしょうねえ。それに母親があの通りじゃ」

お桑は至極当然という顔で応える。それからしばらくは、お熊に対する愚痴（ぐち）が続いた。

聞きたくなかったが、止めることもできない。お桑はお熊に一番、嫌がらせを受けていたからだ。

「でもね、富屋さんが町内に引っ越しして来てから、幾らかお熊さんの風向きもよくなったように思いますよ。あたしもうちの人も、ありがたいと感謝しているんですよ」

「そんな。あたしは何もしておりませんよ。お桑さん、ありがとうございました。お蔭で背中が軽くなりましたよ」

八重はお桑の話の腰を折るように礼を言った。お返しに八重もお桑の背中を擦ってやろうとしたが、もう上がるので、それは結構だとお桑は断った。

「ところでお桑さん。近頃、通りを怪しい男がうろついているのを見ていませんか」

八重はさり気なく訊いた。

「さあ……」

お桑は首を傾げた。

「娘が誰かにつけられているような気がすると怖がっているんですよ」

「おみっちゃんはきれいだから、若い男だったら気になるでしょうよ」

お桑は悪戯っぽい顔で応える。

「そんなんじゃないんですよ」

声を荒らげた八重にお粂も真顔になった。

「そう言われると、二、三日前、表戸を閉める時、富屋さんの前に男の人がぼんやり立っていたような気がしますよ」

「本当ですか」

八重はぐっと身を乗り出した。

「あたし、家を手放した長男さんじゃないかと最初は思ったんですよ。行く所がなくて、ここまで来たのかってね。でも、それにしては中に声を掛ける様子もなかったし……」

「駒蔵親分に助けて貰わなきゃ」

八重は慌てて言った。

「気をつけて下さいね」

お粂も心配そうに眉根を寄せた。

帰りはお粂と一緒に戻って来たが、その夜は店の前に怪しい人影はなかった。

八重はほっと安心して、お粂と別れた。

二

翌日。八重はおみちに留守番をさせて親父橋の近くにある自身番に出向いた。

「おや、富屋のおかみさん。どうしたい」

駒蔵は八重の顔を見るなり、気軽な口を利いた。

「ええ。ちょいと相談がありまして」

そう言うと、駒蔵は「お熊さんのことかい」と先回りしたように訊いた。自身番には大家の徳三郎と書役の治助という四十がらみの男も一緒にいた。駒蔵は八重の顔を見る度にお熊が何かしたのかと、まず訊く男だ。

「そうじゃありませんよ。おみちの後をつけている男がいるようなんで、どうしたらいいものかと」

八重の話に駒蔵は眉間に皺を寄せ、座敷に促した。八重が赤茶けた畳の座敷に上がると、徳三郎はかいがいしく茶の用意を始めた。

「大家さん、お構いなく」

八重は遠慮がちに声を掛けたが、徳三郎は「いえいえ。ほんの渋茶を一杯だけ」と如才なく応えた。八重はおみちの話を手短に駒蔵へ伝えた。

「近頃は妙な若けェ者が増えたわな。奉公しても長続きしねェ。親が甘やかしているのが原因よ。ぶらぶらしてりゃ、ろくなことを考えねェ。ほれ、照降町の質屋の倅がいい例だ。あの倅は同業の店に奉公に出たが、ものの三か月と続かなかった。その後は仲間とつるんで吉原通いよ。挙句に揚げ代踏み倒して妓楼の妓夫に袋叩きに遭い、足が不自由になっちまった」

駒蔵は噂になっていた放蕩息子の話を持ち出した。

「お気の毒に」

「だが、それで目が覚めて、今じゃ殊勝に店の手伝いをしているらしいが」

「おみちの後をつけているのは、そういう息子さんとは違うような気がしますよ。今のところは、じっと様子を窺っているだけなんですが」

「おかみさんは心配だろうなあ。よし、おれもそれとなく目を光らせることにするぜ。夜廻りをする木戸番にも、声を掛けておくよ」

駒蔵は八重を安心させるように言った。

「ありがとうございます、親分。恩に着ます」

八重は深々と頭を下げて礼を言った。

店に戻ると、おみちが鶴太郎と二人で留守番をしていた。しかし、おみちは泣いたような顔をしていた。

「まあ、鶴太郎さんにまで店番させちまって」

八重はわざと朗らかに言った。二人で込み入った話でもしていたのかと思ったからだ。

「小母さん。おみっちゃんが厠に入った時、誰かが外から覗いていたらしいんだ。おみっちゃんは泣きながらうちへ来たんだよ。おっ母さんは角屋の横から男が出て来て、慌てて逃げて行ったと言っていた」

角屋は八重の店の隣りにある豆腐屋のことだった。角屋と八重の店の間は、半間ほどの小路になっていて、突き当たりが八重の家の厠に通じていた。怪しい男はそっと小路に入り込んだらしい。

「駒蔵親分にようく頼んできたから安心おし。夜廻りの木戸番さんも、気をつけてくれるそうだから」

八重の言葉におみちはこくりと肯いた。

鶴太郎はおみちが心配で気が気ではない様子だった。いつもは縁側で静かに絵を描いているだけだったのが、表に出て来て、それとなく八重の店を見張り出した。黙って見張っているのも退屈なようで、散らかっていた外の道具の整理を始めた。破れた簾を巻いて紐で縛ったり、空き樽は埃を落として積み重ねたりした。屑屋が通り掛かれば、呼び止めて不要の品を払い下げる。お蔭で二、三日するとお熊の家の周りはすっかりきれいになった。

「お八重さん。倅が働き出したよ。どうした風の吹き回しだろうねえ」

到来物の羊羹をお裾分けに来たお熊は嬉しそうに言った。

「鶴太郎さんはおみちが心配で見張ってくれているんですよ。ついでに片づけをする気になったんでしょうよ」

八重は訳知り顔で応えた。

「惚れた娘のためにひと肌脱ごうってことかい。見上げた根性だ。だが、あいつががんばったって、ものの役に立ちゃしねェよ。腕力なんてこれっぽっちもない奴だ。おれの方がうわ手だわな」

お熊は皮肉な調子で言う。

「そんなことはありませんよ。町内の人にも気をつけていただければ、あたしも安心ですし。お熊さん、逃げて行った男はどんな感じでした」

「特に目に立つような恰好はしていなかったよ。ちょいと小太りで、おとなしそうな男だった。横の小路から出て来た時は大慌てでさ、おれが怒鳴ったら顔を隠して逃げて行きやがった。なあに、心配するほどのことでもないよ。おや、ここから見ても、おれのうちは見違えるようだねえ」

お熊は鶴太郎が片づけをしてくれたのがよほど嬉しいらしく、八重の心配など意に介するふうもなかった。小太りでおとなしそうな男……八重はお熊の言葉を胸で繰り返した。

三

三男の利三郎が富屋にやって来たのは十五夜の翌日だった。利三郎がそうして訪れて来るのは堀江町に引っ越ししてから初めてのことだった。

利三郎は仏壇に手を合わせると「実は馬喰町の店が店立てを喰らって、小網町に移ったんだ。ところが、小網町の店は前より狭くて、おれの寝泊りする部屋がねェのよ。それで旦那は近くの裏店でも探せって言ったのよ。おっ義母さん、この辺りに手頃な裏店なんてあるかい」と訊いた。

「小網町なら目と鼻の先だ。何んならうちへ来て貰ってもいいんだけどねえ」

おみちのことがあるので、八重はすぐに言った。利三郎は芳太郎と違い、酒も莨もやらない真面目な男だった。さほど気遣いもいらないだろうと思った。

「いや、商売の都合で遅くなることも度々だ。帰るまでおっ義母さんを待たせるのは気の毒だ」

利三郎は継母の八重と暮らすより、独り暮らしを望んでいる様子だった。

「半助長屋のおしげさんの所が空き家になっているよ。おっ義母さん、お熊さんに頼んでみたら」

おみちは口を挟んだ。おしげという独り暮らしの年寄りが亡くなってから、空き家となっていたのは八重も知っていた。

「そうだねえ。そういうことなら、どれ、ちょいと行ってこよう」

八重が腰を上げると「おれも一緒に行くよ」と利三郎は言った。

お熊は利三郎に値踏みするような目線をくれたが「ああいいよ。貸してやらァな。店賃は前払いだ。晦日までに次の月の店賃を大家に払っとくれ」と、あっさり言った。

「ありがとうございます。助かりますよ」

八重はほっとして頭を下げた。

「ただし、幾らお八重さんの倅でも、店賃を溜め込んだら、すぐに出て行って貰うからな」

お熊は利三郎に釘を刺す。

「ご迷惑は掛けないつもりです」

利三郎はお熊に気圧されながらも、はっきりと応えた。

その時、奥の襖が開いて、鶴太郎が顔を出した。八重にひょいと頭を下げた後で、利三郎をまじまじと見つめ「あんた、大黒屋の手代さんじゃなかったかな」と言った。大黒屋は利三郎が奉公している貸本屋の屋号だった。

利三郎は毎日、本を包んだ大風呂敷を背負って客の家を廻っていた。

「あ、これは鶴太郎さん」

利三郎も驚いた表情になった。

「何んだい、お前さんはおみっちゃんの兄さんだったのかい」

「はい」

「世間は狭いもんだな。土間口で立ち話も何んだ。ちょいと中へ入ェんな」

煩わしそうな顔をしたお熊に構わず、鶴太郎は茶の間に二人を促した。

「おっ師匠さんの所へは、時々、顔を出すんですが、鶴太郎さんの姿が見えないのは気になっておりました。事情を訊ねたかったのですが、もしも破門にでもなっていたらと、余計な心配をして聞きそびれておりました」

利三郎はおずおずと言う。鶴太郎は苦笑した。

「破門になるようなドジは踏まねェよ。血を吐いちまってな、師匠や他の弟子に迷惑が掛かると思って、手前ェから暇を願い出たのよ」

お熊が淹れた茶を勧めながら鶴太郎は吐息交じりに言う。絵に未練があることは八重にも察せられた。

「さようで。おっ師匠さんは、さぞや残念がっておいででしょう。鶴太郎さんにはずい分、おっ師匠さんも目を掛けておりましたから」

「そうかねえ」

鶴太郎の絵の師匠とは、葛飾北斎の一番弟子と言われる魚屋北渓のことだった。その雅号の通り、魚屋を営んでいた。ただの魚屋ではなく、大名屋敷の御用達も引き受けるほどの大きな魚屋らしい。今では店を家族と奉公人に任せ、自分は絵の道に精進しているようだが、時々は大師匠北斎のために包丁を振るって、鯛や平目を馳走するという。

「もう、絵はやめてしまうのですか」

　利三郎は気の毒そうに訊く。

「やめるつもりはないが、身体が元通りにならない内は無理だろう。うちじゃ、ぽつぽつ描いているよ」

「そうですか。それで少し安心致しました。全く絵筆を持たなくなると、どんな優れた絵師でも手は落ちますから」

「聞いたふうな口を利くよ」

　鶴太郎は皮肉な言い方をしたが、その顔は不愉快そうではなかった。

「さぶちゃんは、元から鶴太郎さんを知っていたんだね」

　八重は鶴太郎の言葉ではないが、世間は狭いものだと改めて思った。

「ええ。時々、おっ師匠さんの家に寄らせていただいておりました。鶴太郎さんは住み込みで修業されていたんですよ。夜になると他のお弟子さんは外へ飲みに出かけるのですが、鶴太郎さんは、あまりそういうこともなさらずに、部屋で静かに本を読んでおりました。お弟子さんの中で、一番のお得意様が鶴太郎さんだったんですよ。わたしは真面目な方だなあと感心していたものです」

「なあに。本と言っても、退屈しのぎの読本か黄表紙がおおかただったよ」

「そんなことはありません。北斎先生の『北斎漫画』なども注文されて、熱心に勉強していたではありませんか」

「そうだったかなあ。忘れてしまったよ」

鶴太郎は照れ笑いにごまかした。北斎は全国に弟子がいるので、その弟子達のために自分の技法を伝授する本も出版していた。「北斎漫画」もその一冊だった。

「わたしのお客様に商家の方もたくさんいらっしゃいます。品物の半切（広告）を書く人は知らないかと度々、訊かれます。もしも鶴太郎さんにその気があるのでしたら、わたしが口を利きますが」

利三郎はふと思いついたように言った。

「ほんとかえ」

その気を見せたのはお熊だった。

「ええ。品物の名を書いた横に、気の利いた絵をちょいと入れていただければ人目を惹きますし、売り上げの一助になるはずです。手間賃は雀の涙ですが、それでも絵の具代の足しになりましょう」

鶴太郎は即答を避けたが、その表情はまんざらでもない様子だった。

近い内に引っ越しするつもりなのでよろしくと、利三郎が念を押して腰を上げた時、突然、おみちの悲鳴が聞こえた。

鶴太郎は、はっとした顔になり、すぐに土間口に下り、下駄を突っ掛けて富屋へ向かった。八重と利三郎も慌てて後を追う。

店に入ると、茶の間で若い男がおみちを押さえつけているのが目に入った。鶴太郎は「何しやがる」と男に喰らいついたが、あっさりと振り払われ、火鉢の角に頭をぶつけた。

利三郎も後ろから殴(なぐ)り掛かった。男は怯(ひる)まず、利三郎の腹に蹴りを入れた。利三郎は呻(うめ)いて蹲(うずくま)った。

しかし、騒ぎを聞きつけ、近所の人間が、どうしたどうしたと富屋を取り囲んだ。お熊が竹箒(たけぼうき)で男を打ちすえ、その隙(すき)に葉茶屋の山本屋の主(あるじ)が男の腕を取って押さえ込むと、男はとうとう観念した。小太りの男だった。恐らく、厠を覗いていたのもその男だろう。

知らせを受けた駒蔵が子分を連れて現れると男に縄を掛け、自身番に連行した。男は悪びれたふうもなく、反抗的な表情のままだった。

「鶴太郎さん、大丈夫？　鶴太郎さん！」

髷の根が弛んだのも構わず、おみちは鶴太郎を気遣う。

「大丈夫だよ。だが、目から火花が出たよ」

鶴太郎は冗談交じりに応える。利三郎は腹を蹴られたせいで具合が悪くなり、流しに少し吐いた。

「大の男が二人も揃って、情けない話だわな」

お熊は店の上がり框に腰を下ろして言った。

「何んなんだ、あの男は」

利三郎は流しの始末をつけると腑に落ちない顔で言った。

「この間から、おみちの後をつけていた男がいたんだよ。だが、捕まってよかったよ」

八重もほっとして言う。

「あの男、いきなり現れて、中に入り込み、わたしの腕を摑んだのよ。心ノ臓が止まるかと思うほど驚いた。声を出そうにも出なかったの。足を取られて茶の間に押し倒された時、思いっ切り背中を打ったの。そうしたら、不思議に声が出たのよ」

おみちは、まだ興奮が治まらぬ様子で言った。

「危なかったねえ。悲鳴が聞こえなけりゃ、おみっちゃんはむざむざと手ごめにされるところだった」

お熊の言葉に八重は改めて恐ろしさを感じた。

「だけど、夕方とはいえ、まだ陽(ひ)の目があるのに、大胆な男だよ」

お熊は呆(あき)れた顔で続ける。

「やはり、おみちをつけ狙っていたんだろうねえ。あたし等(ら)がお熊さんの家に行って、おみちが一人になったものだから、その隙に店に入り込んだんだ。全く、油断のならない世の中ですよ。かと言って、商売しているから、表戸を閉めている訳にもいかないし」

八重は表情を曇らせて言う。

「ま、賊は捕まったんだから、これでけりがついたわな。ささ、鶴太郎。家に戻って飯にしよう」

お熊はおみちに介抱されている鶴太郎を急(せ)かした。

「あ、ああ」

鶴太郎は渋々、腰を上げ「手代さん、近所に来たんだから、たまには与太話をしに来なよ」と利三郎に言った。

「さいですね。楽しみにしております」

利三郎も笑顔で応えた。

四

おみちに狼藉(ろうぜき)を働いた男は無宿者の金治(きんじ)という男だった。照降町の飲み屋で会った男から金を渡され、おみちに乱暴することを頼まれたらしい。頼んだ男は初めて見る顔で、名前も素性もわからないという。八重に新たな緊張が走った。これでは、けりがついたことにならない。

利三郎は半助長屋に引っ越ししてから、日に一度は八重の所にやって来て様子を見てくれる。近所もそれとなく警戒しているようだが、八重の不安は消えなかった。やはり、おみちがぶつかった男が逆恨(さかうら)みをしているに違いない。それは八重の中で確信となっていった。

店番をしていても、通りを歩く男達の足取りが気になる。少しでも立ち止まるそぶりが見えると、八重の胸の鼓動が早くなった。

台所の煙抜きの窓を小さく開け、外の様子を窺うのもくせになった。

夜は通り過ぎる人々の影が地面に黒々と映る。影法師はいつか、長い尾を伸ばしておみちに襲いかかるのだろうか。

しかし、金治が捕まってから、しばらくは不審なことも起こらず、角屋の主も山本屋のお桑も、もうこれで大丈夫だろうと言うようになった。八重もそう思いたかったが、心の隅には依然として気味悪さが残っていた。

九月の十三日は十三夜と言う。別名後の月とも呼び、八月の十五夜と同じようにすすきを飾り、月見団子を供える。ただし、十五夜は餡の団子を十五個供えるのに対し、後の月は黄な粉の団子を十三個供える。八月の十五夜だけを祝って、十三夜を祝わないのは片見月とされていた。

十三夜の翌日は神田明神の宵宮で、堀江町界隈の人々も浮き足立っているように見えた。

土地柄、堀江町は山王権現を信仰する人々が多いのだが、神田祭のある年は、山王祭はない。この二つは交互に行なわれていた。神田だろうが山王だろうが、祭り好きの江戸の人々は頓着しない。神輿行列の見物を大層、楽しみにしていた。

おみちは鶴太郎と一緒に親父橋に出て神輿行列を見物する約束をしたという。

「二人きりで行くのかえ」

八重は咎める口調で訊いた。

「さぶちゃんも一緒よ。どうせ、その日は商売にならないからって、あたし達につき合ってくれることになったの」

「そうかえ……」

鶴太郎が人込みの中で具合を悪くする恐れもあったから、利三郎が一緒に行ってくれるのは八重も安心だった。だが、利三郎は八重の家に顔を出す内、おみちが鶴太郎を慕っている様子に気づいてもいた。

「おっ義母さん。このままでいいのかい」

それとなく心配して訊いた。

「鶴太郎さんはお向かいに住んでいるからね、まさか口を利くなとも言えないよ」

「あの人の人柄は申し分ないんだが……」

利三郎は俯きがちになって言う。面差しはおみちとよく似ている。性格はおとなしい。上のきょうだい達から抑えつけられて育ち、おみちが生まれると、母親にもさほど構って貰えなかった息子である。八歳から米屋の奉公に出たが、そこでも兄貴分の手代に苛められることが続いた。利三郎の身体に紫色の打ち身の疵があることに気づいたのは父親の三右衛門だった。利三郎は毎日のように兄貴分の手代から小突かれていたのだ。籔入りで家に戻った時、湯屋に一緒に行って三右衛門は事情を知ったのだ。

三右衛門は米屋に怒鳴り込んだという。だが、米屋の主は、苛められるのが辛いだの何んだのと言っては勤まりませんと応え、それにも三右衛門は腹を立てた様子だった。

三年で米屋を辞め、それから今の大黒屋に奉公するようになったのだ。

「それにあの母親にも、ちょっと驚いたよ。あの人は鶴太郎さんの実の親かい」

利三郎は怪訝な顔で続ける。

「ああ。実の母親だ」

「この間、山本屋のおかみさんと、蒲団叩きの競争をしていたよ。あっちがバンバンやれば、こっちもバンバンやる。いい年をして二人とも何をやってんだか」

「お熊さんの蒲団叩きはこの辺りじゃ有名なんだよ。まあ、鶴太郎さんの病のことも考えて、しょっちゅう、蒲団を干しているんだろうが」

「おみちを嫁にやるのかい」

利三郎は真顔で訊いた。

「いいや。そのつもりはないよ」

「それを聞いて安心したよ」

「そんなことより、あんたはどうなのさ。嫁さんにしたい人はいないのかえ」

「貸本屋の給金じゃ、嫁さんを養えないよ。それに、おれは当分、独りがいい」

「そうかえ……」

おみちのことも心配だが、利三郎のことも八重は大いに心配だった。

「大きい兄さんのこと、何か聞いているかえ」

八重は話題を変えるように言った。

「上野の広小路辺りをうろついていたそうだ。相変わらず仕事はしていない様子だったらしい」

「あんた、一分を渡したんだって？」

「ああ。手切れ金のつもりだった。おれ、おてつさんからも度々、無心されていたんだよ。もう、一両ぐらい貸したかな」

おてつは芳太郎の連れ合いのことだった。子供を連れてどこかへ行ったらしいが、行方はわからなかった。

「そんなに」

八重は眼を丸くした。

「姉ちゃんから、もう甘い顔を見せるなと言われたんで、可哀想だけどすっぱり切ることにしたんだよ」

長女のおせつは見兼ねて利三郎に助言したらしい。

「おれ達の前から消えろと言ったんだってねえ。おゆりちゃん、泣いてた」

次女のおゆりが八重の家に来た時のことを思い出して言った。

「おれだって、実の兄貴にそんなことは言いたくなかったさ。だが、何くそと意地を見せるなら、まだ見込みはあるけど、へらへら笑っているばかりだった。あいつはもうお仕舞いだ」

利三郎は、その時だけ語気を強めた。

「情けを掛けても大きい兄さんのためにならないようだね」

「ああ。おっ義母さんもそのつもりでいてくれ。兄さんが来ても家の中に入れるなよ。ぐずぐずと居座られたら、おっ義母さんだって困ることになるんだからね」

「ああ」

八重は低い声で応えた。

「さて、明日は神輿見物だ」

利三郎は張り切って言った。

「鶴太郎さんの身体に気をつけておくれよ」

「わかっているよ」

利三郎はようやく笑顔になった。

店番をしていても、遠くから笛や太鼓の音が聞こえてきた。大伝馬町を通った神輿行列は堀留のところから南に方向を変え、堀江町、小網町、小舟町をぐるりと廻り、日本橋へ向かう。八重の店の前は通らないが、一本表通りは神輿行列の道筋になっている。近所の人々は一斉にそちらへ向かったので、店の前の通りは普段より閑散としていた。八重は人込みが嫌いなので、家にいた。それでも賑やかなお囃子が聞こえると、気持ちは浮き立つようだった。

その日は幸い、風もなく、秋晴れの空が拡がる絶好の祭り日和となった。

店番の合間に今夜のお菜の煮物を拵えていると、花売りの触れ声が聞こえた。

こんな日は商売にならないだろうと八重は内心で思いながら、鍋に蓋をして火を弱めると「おかみさん、花はいかがでしょう」と土間口から花屋の声がした。

「悪いが、今日は間に合っているよ」

八重は台所から声を張り上げた。

「さいですか。また、お願げェ致しやす」

気落ちした返答があった。

使ったまな板と包丁を洗い、いつもの場所に収めると、煙抜きの窓から、花屋が天秤棒を担いでお熊の家の前に立ったのが見えた。

「おかみさん。花はいかがでしょう」

花屋は同じようにお熊に声を掛けた。

「いらねェよ。花ならうちの庭に咲いていらァな。お前の持って来たものより、よほど活きがいいわな。帰っとくれ」

けんもほろろに追い返す。お熊らしいと八重に苦笑が洩れた。そのまま立ち去るものと思っていたが、花屋はお熊の家の前に天秤棒を下ろしてしゃがんだ。ひと息入れる様子だった。首をゆっくりと回し、ついでに両手の指の関節をぽきぽきと鳴らした。それから洟を啜るような短い息をついだ。

花屋はそれからしゃがんだまま、しばらくじっとしていた。お熊の家に背を向けているので、身体は八重の店の方を向いている。

八重は次第に妙な気分になった。菅笠を被っているので花屋の顔は見えない。どんな顔をしていたか思い出そうとしたが、どうしても思い出せなかった。

八重は茶を淹れると、湯呑を持って店の小座敷に移った。茶を飲みながら、何気なく花屋の様子を窺った。暖簾が目隠しになって、花屋の足許しか見えない。桜紙の数が不足しているのに気づくと、八重は傍の行李から幾つか出して並べた。それからまた、外を窺うと、天秤棒はそのままになっているのに、花屋の姿は見えなかった。あれ、どこへ行ったのだろう。横の小路で用を足しているのだろうか。

お熊の家の近くで用を足したら、とんでもない声で怒鳴られる。これこれ、花屋さん、気をつけておくれ、と声を掛けるつもりで土間口に出たが、通りにもお熊の横の小路にも花屋の姿はなかった。

おかしい、おかしいと思いながら台所に入って、八重はぎょっとした。花屋は煙抜きの窓から中を覗いていたのだ。八重は色気のない悲鳴を上げた。

花屋は慌てて天秤棒を担いで逃げた。八重は茶の間にぺたりと座り込んで身動きできなかった。腰が抜けていた。

「お八重さん。何かあったのかえ。今、声が聞こえたようだが」

心配してお熊がやって来た。八重は歯の根も合わないほど震えていた。

「お熊さん……」

細い声は出たが、それ以上、喋ることはできなかった。

「おみっちゃんを呼んでくるよ」

尋常でない八重の様子にお熊は言った。

「いいえ、お熊さん。後生だから傍にいておくれ。あたし、怖くって……」

八重は恐ろしさに涙ぐんだ。お熊は下駄を脱いで茶の間に上がると、八重の背中を撫(な)でた。骨太なお熊の手に摩(さす)られると、八重は堰(せき)が切れたように、さらに泣けるのだった。

五

駒蔵に訴えて、花屋勇吉(ゆうきち)が自身番にしょっ引(ぴ)かれたのは、それから間もなくだった。最初は知らぬ存ぜぬと白(しら)を切っていたが、金治に面通しをさせ、おみちに乱暴することを命じたのは勇吉だったことがわかった。

勇吉はおみちがぶつかった相手ではなかった。

調べを進める内に、勇吉には、おみちや八重を恨む直接の理由がないことがわかった。原因はお熊だった。客に断られるのは慣れているとはいえ、お熊のもの言いがよほど勇吉にはこたえていたらしい。川原から引っこ抜いたすすきでお足を稼ごうとするのは大した了簡(りょうけん)だとか、お前の持ってきた花は只(ただ)でもごめんだとか、言いたい放題だったらしい。

仕事を終えて床(とこ)に就いても勇吉はお熊のことが忘れられなかった。しかし、お熊はあの通りの女丈夫(じょじょうふ)。まともに掛かって行っても勝ち目はない。そう思った勇吉は報復の手段をあれこれと考え始めた。

その内にお熊の息子がおみちと仲がよいことに気づいた。お熊もおみちには甘い顔を見せている。嫁にするつもりがあるのかも知れない。勇吉はおみちに乱暴することを思いついた。おみちが悲しめば息子も悲しむ。それを見るお熊もこたえるはずだと。

勇吉の気持ちは八重には理解できなかったが、お熊のせいで迷惑を被(こうむ)ったと思うと憤(いきどお)りを覚える。駒蔵はお熊に勇吉の動機を説明したらしいが、お熊からは詫（わ）びの言葉一つなかった。

結局、お熊はそれだけの女なのだ。情けも何もない。近所だからなかよくやろうと考えていた八重が甘かったのだ。

八重はおみちに、鶴太郎と今後、口を利いてはならないと命じた。

「そんな」

おみちは、驚きで眼をみはった。

「鶴太郎さんと祝言（しゅうげん）を挙げるのはできない相談だ。それはお前もようく知っていることだ。お前と鶴太郎さんのことは近所でも噂になっているようだ。このまじゃ、お前の縁談にも差し支える。情が移ってどうにもならなくなる前に、すっぱりつき合いを絶った方がお互いのためだ」

八重はおみちを諭（さと）すように言った。

「だから、あたしはまだ、お嫁に行くつもりはないって言ってるでしょう？」

おみちは怒りを押し殺した表情で口を返した。

「そういう問題じゃないんだよ。この度のことはすべてお熊さんが蒔（ま）いた種（たね）だ。近所の人も、あの人には多かれ少なかれ迷惑を掛けられているんだ。この先だって何があるか知れたものじゃない。お熊さんがあたし等に親切だったのは、お前が鶴太郎さんを慕っていたからだよ。だが、もうごめんだ。こんな思いは二度としたくない。それでも、お前がどうしても鶴太郎さんの世話をしたいと望むなら、あたしはお前と親子の縁を切るよ。あたしはまた引っ越しして、よそで商売をするよ。お前は好きにするがいい」

どうせ生さぬ仲だ、という言葉は辛うじて堪えた。おみちは悔しそうに唇を嚙んだが、「わかった。もう、鶴太郎さんとは口を利きません」と低い声で言った。

「あたしの気持ちがわかってくれたんだね」

「ええ」

おみちは応えたが、その後で洟を啜った。

「春になったら引っ越しを考えるよ。そうだよ。こんな所、まっぴらだ」

お熊に対する怒りが八重の中でいっきに弾けていた。顔を見るのもいやだった。

おみちが口を利かなくなった理由は鶴太郎も承知している様子だった。とは言え、鶴太郎の機嫌は悪くなり、お熊に当たり散らすようにもなった。お熊は鶴太郎をそのようにしたのはおみちだと察すると、嫌がらせの標的を山本屋ではなく、八重とおみちに向けるようになった。

朝からばしばしと蒲団を叩きながら、八重の店に向かって悪態が始まった。

「おれが何をした。文句があるなら、はっきり言えってんだ。悪いのはおれか。花屋を追い払ったのが罪になるのか。花屋が勝手にしたことが、どうしておれのせいなんだ。はん、答えやがれ。昨日まで倅に色目を遣（つか）っていた娘も掌（てのひら）を返したように、そっぽを向いている。気に入らねェなら、ここからさっさと出て行け。引っ越し、それ、引っ越しだ」

蒲団叩きの音は悪態のお囃子のように聞こえた。業（ごう）を煮やした鶴太郎が「やめろ！」と怒鳴っても、お熊は素直に言うことを聞かなかった。

通り過ぎる人々は呆れたようにお熊を見るが、その後で、八重の店をそっと振り返る。

お熊をそのようにさせている八重にも幾らか問題があるのだろうという表情だった。

八重はお熊がどんなに悪態をついても店の中でじっと息を殺して耐えていた。

それはおみちも同様だった。

おみちは、たまたま外に出た時に鶴太郎と顔が合っても、そっと会釈（えしゃく）するだけで何も喋らなかった。

　鶴太郎はそんなおみちを寂しそうに見つめていた。八重は鶴太郎が不憫だった。身体の調子が以前より格段によくなったと聞いているだけに、こんなことになって、また具合を悪くしないかと心配だった。だが、それも所詮、他人事。春になったら引っ越しをしようと考えていたが、もはや我慢も限界にきていた。八重は自身番に出向いて、引っ越し先を徳三郎に相談した。

「やはり、我慢できませんでしたか」

　徳三郎は残念そうに言った。

「申し訳ありません。せっかく親分や大家さんに親切にしていただいたのに、後足で砂を掛けるように出て行くのは、あたしも心苦しいのですが、娘のことを考えると、やはり、鶴太郎さんと離れて暮らした方がいいような気がしますので」

「鶴太郎さんが病持ちでなかったら、わたしはとっくに仲人となって縁談を勧めておりましたよ。しかし、そういうことなら仕方がありませんな。わたしもどこかよさそうな所がないか当たってみますよ」

　徳三郎はもの分りのよい返答をした。

「お世話を掛けますが、よろしくお願い致します。居所が決まりましたら、すぐにでも移りますので」

「わかりました」

徳三郎は吐息交じりに呟いた。

自身番からの帰り道、八重はしみじみと歩き慣れた町内の様子を眺めた。僅か半年の暮らしだった。揉め事ばかりが続いて、心の休まる日もなかったが、離れるとなれば懐かしさが募った。

「これでいいのだ、これで」

八重は自分に言い聞かせるように呟いた。

すぐに引っ越しできるように、八重はぽつぽつと家財道具の整理を始めた。掃除も直前になって慌てないように、できる所からしていた。毎日、ごそごそと外に出ている八重を見て「そうか。とうとう出て行くか。これでさっぱりすらァな。息子についた悪い虫も、ついでに退治できたわな」と、お熊の悪態はやまない。八重はぐいっとお熊を睨んだだけで、構わず仕事を続けた。

「図星を指されておれを睨んだ。おおこわ、おおこわ」

八重の感じている不愉快をお熊は楽しむかのようだった。八重は奥歯を噛み締めてお熊の罵倒に耐えた。

　八重とおみちが引っ越しする噂はたちまち近所に拡がったが、一番こたえていたのは、やはり鶴太郎のようだった。

「おっ義母さん。お熊さんの家の前に駕籠が止まっているよ」

　店仕舞いして少し経った頃、おみちはそっと八重に言った。

「鶴太郎さんの具合が悪くなってお医者さんが来ているんだろう。さっき、お熊さんが慌てて外に出て、どこかへ行った様子だったから」

「他人事のように言うのね。おっ義母さん、平気なの？」

　おみちは皮肉交じりに訊く。

「平気じゃないが、あたしにはどうすることもできないじゃないか」

「鶴太郎さんの具合が悪くなったのは、あたしのせいよ、きっと」

「おみち……」

「あの人に何んの罪もないじゃない」

「それはそうだけど」

「以前と同じようにしていたら、鶴太郎さんだって元気でいられたのに。おっ義母さんが口を利くなと言ったからよ」

おみちは前垂れで顔を覆って泣き出した。

八重はそっと台所に行き、窓からお熊の家の様子を窺った。ちょうど、医者が薬籠を携えた弟子と一緒に出て来て、駕籠に乗り込むところだった。お熊は見送りもしない。鶴太郎が心配で傍を離れられないのだろう。

駕籠が立ち去ると、辺りはしんとした静寂に包まれた。

「おっ義母さん。後生だ。お見舞いに行かせて」

おみちは縋るように言った。

「だけど、怒鳴られて追い返されるだけだよ」

「あの人、あたしを待っている。そんな気がしてならないの」

「…………」

返事をしない八重に構わず、おみちは外へ出て行った。

案の定、「何しに来た、この女狐め！」と罵る声が聞こえた。だが、おみちも負けていなかった。

「そんな大声出して、病人にいいと思っているの？　上がりますからね。小母さんの看病だけじゃ、鶴太郎さんは元気にならないのよ。駄目と言っても、あたしは聞きませんからね」

おみちはずんずん、お熊の家に入って行ったようだ。

これでは元の木阿弥(もくあみ)だと、八重は思った。鶴太郎はいよいよおみちを頼みにするだろう。引っ越しは中止になるかも知れない。

八重はやるせないため息をついた。

六

おみちはひと晩、鶴太郎の傍にいて看病した。八重もその夜は眠れなかった。

ようやくおみちが戻って来たのは、翌日の昼前になってからだった。

おみちは戻るなり、出していた箱膳の覆いを外し、黙々と飯を食べた。

「鶴太郎さんは？」

「熱は下がったよ。お熊さん、あたしには構うなと言ったくせに、四つ（午後十時頃）を過ぎたら舟を漕(こ)ぎ出して、とうとう鼾(いびき)をかいて眠ってしまったのよ。全く役に立たなかった。あたしは鶴太郎さんの頭を冷やすのに夢中だった」

「よかったね、落ち着いて」

「ええ」

応えたおみちは嬉しそうだった。

「鶴太郎さん、気が弱っているせいで、あたしにいつまでも傍にいてくれと言ったのよ」

「まあ……」

「それでね、病が治って働けるようになったら、あたしはおかみさんになってあげるよって言っちゃった」

おみちは照れた表情で言う。

「心配しないで。病が治ったらの話だから」

おみちは八重を安心させるように続けた。

おみちは食事の後片づけを済ませると「ちょっと横になるね」と言って、奥の部屋に入って行った。

ひとまず、鶴太郎の熱が下がったことで、八重もほっと安堵した。

それから二、三日はお熊も鶴太郎の世話に忙しく、蒲団叩きは小休止という態だった。

不思議なもので、蒲団叩きの音がしないと、八重は何んだか忘れ物をしたように心許ない気分だった。

お熊は鶴太郎が床から起き上がれるようになると八重の店にやって来た。気後れしたような顔で「おみっちゃんには世話になったよ」と、低い声で礼を言った。

「いえいえ。鶴太郎さんが元気になってよかったですね」

「お蔭さんで。それで、これは礼と言っちゃ何んだが、おみっちゃんにやっとくれ」

お熊は着物の反物らしい包みを八重の前に差し出した。

「何んですか」

「なに。呉服屋でおみっちゃんに似合いそうなのが目についたんでね」

「お気持ちはありがたいですが、そんな高価なものはいただけませんよ。たかがひと晩、鶴太郎さんの看病をしたぐらいで……」

台所で洗い物をしていたおみちは手を止め、聞き耳を立てている様子だった。

「おみっちゃんは鶴太郎の嫁になってもいいと言ったんだよ。おれは嬉しくってねえ」

お熊は感極まった様子で眼を潤ませた。

「お熊さん。早合点しないで下さいな。おみちがそう言ったのは鶴太郎さんを励ます方便ですよ。鶴太郎さんの病が本復して、人並に働けるようになってからの話で、今はとてもとても」

「鶴太郎はすっかりその気でいるんだ。今さら方便と言われても承知しないやね」

「あたしの身にもなって下さいな。あたしはおみちの母親だ。病を抱えている人の所にはお嫁に出せませんよ」

八重は思い切って言った。お熊の顔色が途端に変わった。

「ふん。実の娘でもないくせに」

「だからどうだとおっしゃるんですか。どこの母親だって、今の鶴太郎さんに喜んで嫁に出す人はおりませんよ。それに、言い難いことですが、この際、はっきり申し上げます。お熊さんが姑では、おみちが苦労します」

いっきに喋った八重をお熊は呆気に取られた顔で見つめた。

「あたし達、もうすぐここから出て行きます。お熊さんは毎日のように出てゆけ、引っ越ししろと焚きつけていたじゃありませんか。お望み通りにしますよ。おみちの顔が見えなくなれば鶴太郎さんも諦めるでしょうよ」

八重はお熊の視線を避けて続けた。

「おれが悪いのか。すべておれのせいか。え？」

お熊は八重に詰め寄った。

「もう、お話することはありませんよ。これを持って帰って下さいな」

八重は包みを押し返すとすげなく言った。

「おっ義母さん！」

たまりかねておみちが顔を出した。

「そんな冷たい言い方しなくてもいいじゃないの」

「おみち……」

「小母さんがどんな気持ちで、ここへ来たと思っているの？　そりゃあ、この間までおっ義母さんに悪態をついていたから、おっ義母さんが腹を立てるのもわかるよ。だけど、小母さんだって恥を忍んでやって来たんじゃない。少しは小母さんの気持ちを考えてやってよ。近所じゃないの。いがみ合ってどうするのよ。いい年して、なかよくできないの」

おみちは悔しさで声を震わせた。

「おみっちゃん。お八重さんは悪くないよ。皆んな、おれが悪いんだよ」

「小母さんは、口は悪いけれど鶴太郎さんのことを心底、心配している。鶴太郎さんが笑えば、小母さんは嬉しいのよね。だって、たった一人の大事な息子だもの。小母さん、安心して。あたし、どこへも行かないから。いつでも鶴太郎さんのお世話をするよ。それで本当に元気になったら、あたし、お嫁に行く。小母さんがお姑さんでもちっとも構わないの。あたし、小母さんのこと、好きだから」

殺し文句は男が女に遣うとは限らなかった。

おみちは、したたかなお熊を最大の殺し文句でとろかしたのだ。

お熊は大きな掌で顔を覆い、おんおんと声を上げて泣いた。

「仕方がないねえ。どうしようもないねえ」

八重はそんなことしか言えなかった。

鶴太郎が表戸を開けて顔を出した。それから、よろよろと八重の店にやって来た。

泣いているお熊を見て、鶴太郎はつかの間、言葉に窮した。怪訝な表情でおみちを見る。

「何んでもないのよ。気にしないで」

おみちはとり繕(つくろ)うように言う。

「おれはお袋が泣くのを初めて見たぜ」

鶴太郎は心底、驚いていた。

「鶴太郎さん。小母さんは鬼でも蛇でもないよ。泣くことだってあるのよ」

「そうかい。ま、鬼の霍乱という言葉もあることだし」

鶴太郎の冗談に、お熊はきッと顔を上げ「馬鹿言ってんじゃねェ」と声を荒らげた。

その表情は、もう、いつものお熊だった。

利三郎は鶴太郎のために菓子屋から半切の注文を取って来た。栗羊羹と、栗しぐれと名のついた練り切りの菓子の半切だった。鶴太郎は張り切って仕事をした。でき上がったものを菓子屋に届けると、主は大層満足して、正月用の菓子の半切も続けて頼むと言ったそうだ。

「さぶちゃん、ありがとよ。あんたのお蔭だ。鶴太郎さんも生きる張りができたというものだ」

八重は自分のことのように嬉しくて利三郎に礼を言った。

「おれも久しぶりに鶴太郎さんの生き生きした顔を見たよ。おっ義母さん、男はやっぱり、仕事をしていないと駄目なもんだね」

利三郎はしみじみと応えた。

「そうだよ。男は大変なのさ。女は仕事をしていなくても別に世間はうるさいことを言わないが、男は、そうはいかないからね。すぐに怠け者の烙印を押されてしまうよ」

「兄貴も早く気づいてくれたらいいんだが」

利三郎の声が湿って聞こえた。

「本当にねえ。さぶちゃん、晩ごはん、食べてお行きよ。どうせおみちは向こうでご馳走になるだろうから」

この頃のおみちは大威張りでお熊の家に入り浸っている。

「いいのかい」

「ああ。おいしい干物を焼いてやるよ。それにお豆腐を何して……そうだ、湯豆腐にしようか」

「湯豆腐は好物だ」

「そ、そうかい。すぐに仕度するよ。さぶちゃん、悪いが少しの間、店番しておくれ」

「ああ」

利三郎は肯くと、八重と入れ違いに店座敷の小座蒲団に腰を下ろした。

土鍋に水を張って昆布を入れると、八重は角屋に豆腐を買いに行った。お熊の家から朗らかな笑い声が聞こえた。お熊はもはや、おみちを嫁にしたつもりでいるようだ。

肝は焼けるが、おみちがそれでいいのなら、八重も意地を通すことはできないと思う。だが、胸にぽっかりと穴の空いたような寂しさを八重は感じる。

「お豆腐下さいな」

八重は角屋の入り口で声を掛けた。

「おや、おかみさんがうちの店に来るなんて珍しいね」

主の角助は愛想笑いをしながら言った。

「下の息子に湯豆腐を食べさせようと思いましてね」

「ああ。おしげさんの後に住んでいるという倅かい？　確か貸本屋に勤めているんだったな」

「ええ、そうですよ」

「豆腐は半丁も切るかい」

「そうね」

「あいよ」

角助は真鍮（しんちゅう）の包丁で器用に豆腐を切り分け、八重の持って来た小鍋に入れた。

「おかみさん。余計なことだが、おみっちゃんを向かいに嫁に出すのかい？」

「さあ、どうなりますか」

「この頃のお熊さんは、やけに機嫌がいいわな。これで、おみっちゃんがよそへ嫁に行くとなったら血の雨でも降るんじゃねェかと、嬶（かか）ァと心配しているんだよ」

「脅（おど）かさないで下さいな。あたしだって、その時はどうなるんだろうかと、はらはらしているんですから」

「ま、世の中、なるようになるだろうが」

「そうよねえ、角助さんの言う通りですよ。はたが心配してもどうなるものじゃなし。気楽に構えていますよ」

「そうだ、そうだ。今から余計な心配していたんじゃ、頭が禿（は）げるわな」

「おあいにくさま。あたしは女だから禿げませんよ。皺は増えるだろうけど……」

悪戯っぽく言った八重に角助は愉快そうに声を上げて笑った。

利三郎は湯豆腐をうまそうに平らげた。

食後の茶を飲むと「そいじゃ、喰い逃げするようで悪いが、明日も早いから、これで引けるわ」と利三郎は腰を上げた。

「無理をしないでお稼ぎよ」

「ああ。おっ義母さんもな」

「ありがとよ。時々、晩ごはんを食べにおいでな」

「ああ」

利三郎はにッと笑って帰って行った。

八重は流しに使った土鍋やら、小丼（こどんぶり）やらを運び、束子（たわし）で洗い始めた。そろそろ五つ（午後八時頃）だ。おみちはまだ帰らないつもりだろうか。煙抜きの窓から、八重はちらちらと向かいのお熊の家を見ながら手を動かした。

「小母さん。ご馳走さま。お休みなさい」

ようやく暇（いとま）を告げるおみちの声が聞こえた。

やれやれである。鶴太郎は提灯（ちょうちん）を点（つ）けて見送る様子だった。

「いいわよ、提灯なんて」

おみちは笑いながら言う。

「足許が暗くて、おみっちゃんがすっ転んだら大変だ」

「あたし、そんなドジじゃないわ」

「それでもよ……」

通りに細長い二つの影ができた。おみちと鶴太郎は別れ難くて、そのまま小声で立ち話をしている。時々、おみちのこもった笑い声がした。今の二人には、時間は幾らあっても足りないのだろう。

八重も昔はそうだった。おみちと鶴太郎の姿はかつての三右衛門と自分の姿でもあった。

（皆、自分達も通って来た道だ）

八重は胸の中で独りごちる。だから、文句は言えない。皮肉も嫌味も。

二つの影は一つに溶ける。寄り添って、つまらない冗談を言い合って笑うおみちと鶴太郎。倖せに満ち溢れた影法師を引き連れて、おみちは帰宅する。

おみちは元気な声で「ただいま」と言うだろう。八重は満面の笑みで「お帰り」と応えるつもりだった。前垂れで手の水気を拭い、八重は身構える。茶の間の行灯がそんな八重の影を襖に映した。それは、いずれ独りになる女の影法師でもあった。

おたまり小法師（こぼし）

一

神無月に入ると江戸は途端に冬めいてくる。

木枯らしも路上の埃を舞い上げながら来るべき冬の到来を告げている。この季節は外に買い物に出るのも億劫だ。こたつに入ったまま風の音をじっと聞いていることが多い。

小間物屋「富屋」を営む八重も店座敷に座り、所在なげに品物を揃えたり、手あぶりの火鉢の炭を掻き立てたりしながら風の音に耳を傾けていた。こんな日はろくに客も訪れないので暇を持て余す。つい、あれこれいらぬ考えが頭をもたげた。おみちは向かいのお熊の家に行ったまま、昼になっても戻って来なかった。おおかた、話のわからない八重のことで鶴太郎とお熊に愚痴をこぼしているのだろう。何んと思われても構わない。母親としておみちの言い分を呑む訳にはいかなかった。

話はこうだ。鶴太郎の掛かりつけの町医者はこの時季になって鶴太郎へ湯治を勧めた。何んだか間の悪い勧めに思えたが、冬場はどうしても家にこもりがちになる。それよりも湯治場で過ごす方が鶴太郎の身体のためにはよいと医者は考えたのだ。

農閑期を迎えた農民達も、冬の間、湯治場で過ごす者が多いらしい。稲刈りを済ませ、冬の間の野菜を保存すると、疲れた身体をいたわるように湯治場に出かけ温泉に浸かる。そして、来年のために英気を養うのだ。だから、湯治場は冬でも存外に賑やかで、わびしさを感じることもないという。

鶴太郎の湯治には八重も賛成だった。一日に三度ほど湯に浸かるそうだから、その度に部屋から浴場まで歩くので運動にもなる。善は急げで鶴太郎はさっそく雪が降る前に箱根の湯元へ行くこととなったが、その時、お熊は思わぬことを八重に言った。

「お八重さん。ものは相談だが、箱根に行ったら雪が解けるまで鶴太郎は江戸にゃ戻れない。長丁場だ。飯の仕度も手前ェでしなきゃならねェのさ。うちの鶴太郎にそんなことできやしねェ。それでね、おみっちゃんに一緒に行っては貰えないだろうか。もちろん、道中の路銀や宿代はおれが出すからさ」

お熊の言葉に八重は驚いた。鶴太郎の病が治り、仕事ができるようになったらおみちを嫁に出すことは承知した。あくまでも病が治ったらという条件つきだ。だから鶴太郎が本復しなければ、その話は当然、なしなのだ。湯治場におみちを一緒にやるなど本末転倒もいいところだと思った。同じ部屋に泊まれば鶴太郎だって男だ。どうなるかはわかっている。おみちが腹でも膨らませて戻って来ては目も当てられない。

言葉に窮した八重をお熊は上目遣いに見ながら「もう、こうなったら、硬いことは言いっこなしだ」と笑った。

「おみちは何んと言っているんですか」

八重は怒りを押し殺して訊いた。

「お八重さんが許してくれるのならいいってよ」

「………」

何度言い聞かせても、おみちはものの道理がわからない娘だ。鶴太郎にのぼせて周りが見えないらしい。

「あたしは反対ですよ。湯治をしても鶴太郎さんの病が治らなかったらどうするんですか」

「医者は治ると太鼓判を押したよ」

「それは結果が出てからの話ですよ。お熊さんは息子可愛さで簡単におっしゃいますが、あたしの立場にもなって下さいな。祝言を挙げる前に二人を湯治場に行かせるなんて世間体も悪いですよ。あたしが継母だからきついことを言えないんだと皆んなが噂しますよ」

「誰が噂する。え？　山本屋か」

お熊は顔色を変えた。山本屋はお熊の隣りの葉茶屋のことで、そこのお内儀とお熊は犬猿の仲だった。

「山本屋さんに限りませんよ。この近所は皆、そうですよ。申し訳ありませんが、このお話はきっぱりお断りします」

八重はお熊の剣幕に怯むことなく言った。

お熊は「言ってくれるじゃないか。娘がいいと言ってるんだから、継母があれこれ余計な口は挟むんじゃねェよ」と、仕舞いには開き直った。八重はもう、お熊と話をする気はなく、厠へ行くふりをして席を立った。

お熊は渋々、引き上げて行った。

おみちにお熊との話を伝えると、今度はおみちが臍を曲げた。おみちはすっかりその気になっていたらしい。八重の気持ちは通じなかった。それからのおみちは朝に掃除と洗濯を済ませると、お熊の家に行き、夜まで帰って来ない日が続いていた。

八重はいっそ「勝手におし」と言ってしまいたかった。

油障子ががらりと開いて、長女のおせつが寒そうに入って来た。

「おっ義母さん。お久しぶり」

おせつはそう言いながら笑顔を見せた。八重は心が弾んだ。

「おや、珍しいねえ。外は寒かっただろう。ささ、上がってこたつにお入り」

八重はいそいそとおせつを茶の間へ促した。

「日本橋の薬種屋さんに来たついでに、こっちへ寄ってみたのよ」

おせつはこたつに入り、ようやく人心地がついた顔をした。

「日本橋までわざわざ出かけて来るなんて。向こうにも薬種屋さんはあるだろうに」

八重は茶を淹れながら言う。

「うちのお舅さんが鰯屋さんのものじゃなきゃ駄目だと言って聞かないの」

鰯屋は日本橋にある老舗の薬種屋だった。

「お舅さんの具合は悪いのかえ」

「ううん、大したことはないのよ。でも、何しろ年だから、あちこちガタがきてるのよ」

おせつの舅は、元は大工の棟梁をしていて、何人もの職人を使っていた男だった。今は息子に仕事を任せているが、利かぬ気の性格は隠居してからも変わらないらしい。

「向こうのお姑さんも、ほとほと手を焼いているのよ。今日だって、こんなに風が強いのに、薬が切れたと大騒ぎなの。だから、あたしが行ってくると言ったのよ。お姑さんは、すまないねえと謝っていたけど、ほっとしたような顔をしていた」

おせつは茶を啜りながら続けた。

「大変だねえ」

「そう、大変よ。この先、どうなるのかと考えたら頭が痛くなっちまう……あら、おみちは?」

おせつは姿の見えないおみちを気にした。

「向かいの家に行ってるよ。この間から、あたしとろくに口も利かないのさ」

「どうして？」

怪訝（けげん）な顔になったおせつに八重はため息交じりに事情を説明した。

「おっ義母さんの言うことは間違っていない。全くおみちも何を考えているんだろ。戻って来たら、こっぴどく叱ってやる」

おせつは気色（けしき）ばんだ。

「戻って来るのは夕方だよ。ずっと向かいの家に入り浸（びた）っているのさ」

「腹立つねえ。ちょいと行って、連れ戻して来るよ」

おせつは威勢よく立ち上がると、外に出て行った。ほどなく仏頂面（ぶっちょうづら）をしたおみちが、おせつといっしょに戻って来た。

「おっ義母さんが姉さんに喋（しゃべ）ったのね」

おみちは反抗的な眼を八重に向けた。

「喋るも喋らないもないよ。お前、何を考えているんだえ」

おせつは遠慮会釈（えしゃく）もなくきつい言い方で訊く。

「あたしは鶴太郎さんに早く元気になって貰いたいだけよ」

おみちは口を尖（とが）らせて応えた。

「だからって、お前が今から女房きどりで世話をすることはない。母親もついているんだし。息子が心配なら自分が一緒に湯治場へ行けばいいのよ」

おせつの理屈は至極当然だった。そうだ、お熊が一緒に行けばいいのだと八重も思った。

「でも小母(おば)さんは色々、家の用事もあるし」

おみちはお熊の肩を持つ。

「何が家の用事よ、年がら年中、蒲団(ふとん)叩きしているだけじゃないの。お前、あの女が姑(しゅうとめ)になっても本当にいいのかえ。あたしなら百両積まれてもごめんだ」

「そんなひどいこと言わなくてもいいじゃない。ご苦労なしの姉さんにあたしの気持ちはわからないよ」

「おみち。口が過ぎるよ。姉さんはこんな風の日でもお舅さんの薬を買いに日本橋までやって来たんだから」

八重はやんわりとおみちを窘(たしな)めた。

「それはいいのよ、おっ義母さん。あたしは嫁だから仕方がないんだ。だが、おみちは違う。どうしておっ義母さんの言うことを聞かないのさ。もしかして、お前、その病持ちの男と深間(ふかま)になっているのかえ」

おせつは手厳しい。八重でも口にできなかったことだ。

「いやらしいこと言わないで」

おみちは、きッとおせつを睨んだ。

「だったら、分をわきまえてもの事を考えるんだ。箱根に一緒に行きたい気持ちはわかるが、それじゃ、おっ義母さんの顔を潰すことになるんだよ」

「大袈裟よ、姉さん。あたしは鶴太郎さんのお世話をするだけじゃない」

「そのお世話がただのお世話にならないから、あたしもおっ義母さんも心配しているんだ」

おせつは懐手をして長女の貫禄たっぷりだった。

「おゆりだって、さぶちゃんだって、きっと反対するに決まっている。お前がどうでも意地を通すなら、今日限りきょうだいの縁を切らせて貰うよ」

「そこまで言うの？」

「ああ、言うよ。さあ、どうする」

おせつは詰め寄る。おみちは唇を噛み締め、「わかった。箱根には行かないよ」と低く応えた。八重の口許から長い吐息が洩れた。

「おせっちゃん、ありがと。あたしじゃおみちを説得できなかったよ」

八重はこくりと頭を下げた。

「おっ義母さんは遠慮し過ぎるんだ。びしびし言わなきゃ」

おせつは景気をつける。

「でも、鶴太郎さんには何んと言い訳したらいいのかしら」

おみちは憂鬱そうに言った。

「おっ義母さんが許さないでいいじゃないか。姉さんも同じだってね。それで四の五の言うような男だったら先が思いやられる。お前、ようく考えた方がいい。それでなくても病持ちで、並の男より三文安いんだからね」

「ひどい……」

おみちは袖で口許を覆い、とうとう泣き出してしまった。

「泣かないどくれ。おせっちゃんはお前のために言ってるんだから」

八重はおろおろとおみちを宥めた。

「そうそう、お団子買ってきたのよ。おっ義母さん、食べましょうよ」

おせつは、おみちに構わず、傍らの風呂敷を解くと、団子の包みを取り出した。

「ほら、おみち。機嫌を直して」

八重はおみちの肩を叩いた。ぐすっと水洟を啜ったおみちは「お団子、鶴太郎さんも好きなの」と言った。八重とおせつは苦笑した。

「何本か届けておやり」

おせつは仕方なく言う。おみちはすぐに笑顔になった。八重とおせつは、また顔を見合わせて苦笑した。

二

鶴太郎は正月用の内職を早々に仕上げると、お熊の親戚に当たる男と一緒に箱根へ旅立った。八重がおみちの同行を許さなかったので、お熊はとうとう諦め、普段はつき合いのなかった親戚に声を掛けたらしい。親戚の男とはお熊の従兄弟の息子で三十代の漁師だった。

漁で足に傷を負ってから満足に仕事ができずにいたらしい。お熊の申し出をこれ幸いと承諾したのだ。足の傷と言ってもほとんど普段の暮らしには支障がなく、ただ、仕事をするにはまだ無理という程度だった。だから、箱根までの道中は荷を担ぎ、向こうに着いてから鶴太郎の食事の世話ぐらいできるという。

その傍ら、足を本調子にするために自分も湯治をするつもりらしかった。

最初からそうしたらよかったのだと八重は内心で思ったが、それはお熊に言わなかった。

ひとまず、これでけりはついたのだから。

おみちは名残惜しくて出立の前夜まで鶴太郎とあれこれ話をしていた。八重は僅かながら鶴太郎に餞別を渡した。鶴太郎は大層恐縮して「留守中、お袋のことをよろしく頼みます」と丁寧に頭を下げた。

鶴太郎がいなくなると、当然ながら、おみちは、頻繁にお熊の家には行かなくなった。

お熊は鶴太郎のいない寂しさもあって、やれ茶を飲みに来い、飯を喰いに来いとおみちに誘いを掛ける。三度に一度は勧めに応じるが、鶴太郎のいない家に行ってもおもしろくないので、おみちはいつもつまらなそうな顔で戻って来た。

「同じ話を何度もするの。それは百万遍も聞いたと言いたいけれど、やっぱり言えないのよ」

おみちは愚痴をこぼす。

「寂しいんだよ。黙って聞いておやり」

八重は慰める。

「おせつ姉さんは百両積まれても小母さんが姑になるのはいやだと言っていたよね。おっ義母さんもそう思う？」

「亭主がいい人なら、姑がどんなに難しい人でも何んとか嫁はつとまるものさ。まあ、昔から嫁と姑はうまく行かないものと相場が決まっているから気にすることはない」

「おっ義母さんは姑仕（づか）えしたことがないのよね」

おみちは、ふと思い出して言う。

「あんたのお父っつぁんと一緒になった時は二人とも亡くなっていたからね。でも、若い頃は、お前のお祖父（じい）さんに反対されて、とうとう一緒にはなれなかったんだよ」

「え？　おっ義母さんとお父っつぁん、若い頃、相惚（あいぼ）れだったの？」

おみちは驚きで眼をみはった。

「何んだねえ、相惚れだなんて恥ずかしい」

「だってそうでしょう？」

「うちは片親だけだったから、そんな家の娘を嫁にできないって、お前のお祖父さんに言われたんだよ」

「おっ義母さんは、ずうっとお父っつぁんのことを思い続けていたのね。よそにお嫁に行かずに」

「思い続けていた訳じゃないよ。お父っつぁんが、お前のおっ母さんと祝言を挙げた時は、きっぱりと諦めたさ。あたしが独り身(ひと)を通したのはなりゆきだよ」

「ふうん。でも、お父っつぁんとおっ義母さんはご縁があったのね。結局一緒になれたんだから」

「ご縁があったのかねえ。何年も暮らさない内に、さっさと先にあの世に行っちまってさ」

八重はそっと仏壇を振り返った。

「おまけに言うことを聞かない娘までいて」

おみちは悪戯(いたずら)っぽい顔をした。

「わかっているなら、あまり世話は焼かせないでおくれ」

「はあい」

おみちが殊勝(しゅしょう)に応えた時、外から蒲団叩きの音が聞こえて来た。

「また始まったよ」

おみちはうんざりした顔で言う。

「鶴太郎さんがいないのだから、蒲団叩きしなくてもよさそうなものだけどねえ」

八重は困り顔をした。

お熊は鶴太郎のいない間に使っていた蒲団の皮を剝がし、新しいものにするつもりだった。皮を外した蒲団をもの干し台に運んでばしばし叩く。

この季節、そうして蒲団叩きするのは、近所ではお熊だけだった。

蒲団叩きだけなら、さほど問題はなかっただろう。ところが、お熊が蒲団の皮を庭で焼いたことから大騒ぎになってしまった。蒲団の皮は病人が使ったものだし、屑屋に下げ渡すのもどうかと思ったお熊は焼いて処分しようとしたのだ。しかし、このところ雨は降らず空気は乾いていた。おまけに少し風もあったので思わぬほど火の勢いが強くなったらしい。

お熊の裏手に住んでいる者が火事だと早合点したからたまらない。半鐘が鳴り、火消し連中が押し寄せ、お熊の庭と縁側に面した部屋は水浸しとなった。そして、お熊は自身番にしょっ引かれてしまった。

「おっ義母さん。どうしたらいいの。鶴太郎さんに知らせなきゃ」

おみちは騒ぎが収まるまで、ずっとお熊の家の前で様子を窺っていた。火消し連中が引き上げ、野次馬も通りから去ると、ようやく戻って来て言った。

「知らせると言っても、鶴太郎さんは向こうに行ったばかりだ。せっかく湯治に出かけたのに、すぐに戻ってくるんじゃ何もならない。少し様子を見よう。なあに、付け火という訳じゃないのだから、お取り調べが済めば戻って来るよ」

八重はおみちを安心させるように言った。

「でも、山本屋のお内儀さんなんて、息子がいなくなったので、頭がおかしくなったと言ってるのよ」

山本屋のお桑は、それ見たことかと、日頃のうっぷんを晴らすように周りに喋ったらしい。

「困った人だねえ。あたしがそれとなく意見するよ。だから安心おし」

「これで小母さんが咎人にでもなったら、あたしと鶴太郎さんは絶対に一緒になれない」

おみちはそう言って涙ぐんだ。

「ちょいと山本屋さんに行ってくるよ。おみち、店番を頼むよ」

八重は下駄を突っ掛けて外に出た。お桑に余計なことは触れ廻らないでほしいと言うつもりだった。

山本屋の前には床几が出され、お桑の舅が座っていた。火事騒ぎで外に出て、そのまま通りを眺める気になったらしい。

「ご隠居さん。こんにちは。お桑さんはいらっしゃいます？」

着物の上に袖なしを羽織り、ひざ掛けをしていた舅は口をむぐむぐ言わせながら首を振り「綿入れを作ると言って呉服屋に行ったわな」と応えた。

「そうですか……」

「お桑に何んぞ用事かい」

「いえ、用事というほどのことでもありませんが、ご隠居さんはお熊さんが番屋に引っ張られたのはご存じですよね」

「ああ、知ってる。お桑がざまァみろとほざいていた」

「…………」

言葉に窮した八重に舅は腰をずらし、床几に座れと勧めた。八重は肯いて横に座った。

「うちの娘、鶴太郎さんと一緒になりたがっているんですよ。鶴太郎さんも同じ気持ちで、早く病を治そうと湯治に行ったんです。でも鶴太郎さんの留守中にこんなことになって、娘は、もしもお熊さんが咎人になったら、いよいよ一緒になれないと嘆いているんですよ」

八重はため息交じりに言った。

「お熊さんが咎人？　そんなことがあって、おたまり小法師があるものか」

舅は地口（冗談）に紛らわせる。

「ええ。あたしもそう思いますけど、お熊さんの日頃の行ないが行ないですから、親分に事情を訊かれた人がここぞとばかり悪口を並べ立てたら、お熊さんの分も悪くなるのじゃないかと」

「お桑は先頭に立って言うだろう」

舅は当然のような顔をした。

「だから困っているんですよ。ご隠居さん、どうしたらいいでしょうねえ」

「お桑が帰って来たら、お前さんのところに行かせるよ。お前さんが懇々と諭せば、あれだってばかじゃない。わかるだろう。それでも言うことを聞かないようなら、わしが雷を落としてやる」

そんな威勢のいいことができるのかと八重は訝ったが「ありがとうございます。ご隠居さん、恩に着ます」と礼を言った。

　店に戻りながら八重はお桑の舅の地口が妙に頭に残った。そんなことがあってたまるものかと言うところを、ひとひねりして、おたまり小法師があるものかにしている。舅は若い頃、友人同士で様々な地口を交わしていたのだろう。くすりと笑いが込み上げた。

　店に入ろうとした時、通りの向こうから岡っ引きの駒蔵がやって来るのに気づいた。

「親分。お熊さんは大丈夫ですか」

　八重は駒蔵の傍に駆け寄ると早口で訊いた。

「どうもこうもねェよ。あのおなごは自分が悪いだなんざ、つゆほども思っちゃいねェ。火消しを呼んだ裏の奴をただじゃ置かねェとほざく始末だ。八丁堀の旦那もほとほと手を焼いて、二、三日、茅場町の大番屋に泊まって貰おうかと言っているのよ」

「まあ……」

　大番屋は調べ番屋で、しょっ引かれた下手人や咎人はそこへ連行され、詳しい取り調べを受ける。同心は口書き（自白書）を取り、重罪と判断すると奉行所に調書を提出して、下手人や咎人を小伝馬町の牢屋敷に収監する仕組みとなっている。だが、不注意で小火を出したぐらいでは自身番で岡っ引きに油を絞られて終わりである。同心がお熊を大番屋に連行すると言い出したのは、よほどお熊の態度が悪かったのだろう。

「ひと言、すまねェと頭を下げりゃ済むことなのに、あのおなごはそうしねェ。全く、困ったもんだ」

駒蔵はいまいましそうに言う。

「どうしたらいいんでしょうね。鶴太郎さんもいないことだし」

「倅は箱根へ湯治に行ったんだってな。傍にいたなら、こんな騒ぎにはならなかったろうに」

「そうなんですよ」

「結局、あのおなごは独りじゃいられねェ質なんだ。何んでも手前勝手にもの事を考える。倅が留守なもんだから歯止めも利かなくなっちまったんだろう。ま、大番屋に連れて行かれても、小伝馬町送りにはならねェから心配すんな」

「親分。くれぐれもよろしくお願いします」

八重は深々と頭を下げた。

「おかみさんに頭を下げられる覚えはねェわな。お熊さんが親戚という訳でもねェのに」

「今に親戚になるかも知れないんですよ」

「え？」

駒蔵は呆気に取られた顔になった。

「そいじゃ、あの伜とおみっちゃんが？」

おずおずと訊く。

「そういうことになりそうですよ」

「そうけェ。そいつはめでてェ……と言いてェところだが、この調子じゃな」

「ええ」

八重も力なく肯いた。駒蔵は大家の徳三郎と一緒にお熊を説得するつもりだと言った。うまく行けばよいがと、八重は内心で祈るばかりだった。

三

夕方になってもお熊は家に戻る様子がなかった。やはり大番屋に送られたのだろうかと、八重は雨戸を閉てたままのお熊の家を時々見つめてため息をついた。

「おっ義母さん。今晩、何にする？」

おみちは気の抜けたような顔で訊いた。

「そうだねえ。あまり食べる気はしないが、夜中に腹の虫が騒いでも困るから、簡単にお茶漬けにでもしようか」

「そうね。ごはんも残っているし。沢庵の古漬けがあるから刻むね」

「ああ。頼んだよ」

八重が気を取り直して店座敷に座った時、外からいやな臭いが流れて来た。八重はさり気なく袖で鼻を覆った。おわい屋（汲み取り）の臭いとも違うなと思った時、油障子が開いて、真っ黒い顔をした男がうすら笑いを浮かべてこちらを見た。いやな臭いは、その男から漂っていたと八重は合点した。だが、その男が長男の芳太郎だと、すぐには気づかなかった。

「おっ義母さん……」

土間口に足を踏み入れた男がそう言った時、八重は心ノ臓が止まるような心地がした。月代と髭は伸びるに任せ、着物は元は何色だったのかわからないほど泥と垢にまみれている。

まるでもの貰いそのものだった。ざっと背中が粟立った。

「お、おみち……」

八重は声を励まして台所のおみちを呼んだ。

「どうしたの？」

怪訝な様子で出て来たおみちは芳太郎を見た途端、表情が凍った。

「何しに来たのよ。入って来ないで！　臭い、臭い。どぶに落ちた犬のようだ」

おみちは甲高い声で叫んだ。

「おみち。後生だ。何か喰わせてくれ。腹が減って眼が回りそうだ。おれァ、この三日、水しか飲んでいねェのよ」

芳太郎は哀れな顔で縋る。それでもおみちは「食べる物なんてないよ。とっと帰って！」と、吐き捨てるように言った。

「おみち。あんまりだよ。仮にも実の兄さんに向かって」

八重はさすがに芳太郎が気の毒で、そっとおみちを制した。

「さぶちゃんに言われたでしょう？　あたし達の前から消えろって。もう、あたし達は兄さんと縁を切ったつもりなのよ。それなのに、のこのこ現れて、近所の人が見たら何んと思うのよ」

おみちは八重に構わず冷たく言い放つ。

「わ、わかっている。皆んな、おれが悪い。だが、どうしようもねェんだ。このままだと野垂れ死によ」

長男の気概はすっかり失われていた。芳太郎はへこへことおみちに縋るばかりだった。

「とり敢えず何か食べさせなきゃ。野垂れ死にとなったら事だ。だが、その恰好のまま家に上がられたら、こっちも迷惑だ。芳太郎さん、悪いが勝手口に回っておくれ。井戸で顔と手足を洗って……そうそう、お父っつぁんの着物があったはずだから、それに着替えておくれ」

仕方なく八重が言うと芳太郎は安心したように肯いた。

「さぶちゃんに知らせてくる」

芳太郎が裏に回ると、おみちは低い声で言った。

「まだ裏店には戻っていないと思うよ」

三男の利三郎は貸本屋に勤めている。荷を担いで得意先の家を廻る仕事である。暮六つ（午後六時頃）前だったので、仕事は仕舞いになっていないだろうと八重は思った。

「小網町の大黒屋に行けばいいんでしょ？　戻ってなくても言付けは頼める。このままじゃ、どうしようもないよ。さぶちゃんに追い払って貰うしかないじゃない」

「幾ら何んでも可哀想じゃないか」

「おっ義母さんは、それじゃ、このまま兄さんを家に置いてもいいの？」

「それは……」

八重は言葉に窮した。着替えをさせて、何か食べさせて、はい、さようならという訳には行かないことは八重にもわかっていた。

「あたしはいや。甘い顔を見せたら、ずるずると居続けられてしまう。心を鬼にするのよ、おっ義母さん」

おみちは厳しい表情で言った。

「とり敢えず、さぶちゃんを呼んできておくれ。話はそれからだ」

八重は即答を避けた。おみちは八重をつかの間、じっと見たが「行ってくる」と、唇を噛み締めて出て行った。

八重は押し入れの行李(こうり)から三右衛門の着物と襦袢(じゅばん)、帯を取り出した。

勝手口の戸を開けると、芳太郎が「ちべてェ、ちべてェ」と言いながら井戸の傍で手と顔を洗っていた。隣りの豆腐屋の夫婦が気味悪そうに窓から覗(のぞ)いている。八重は二人に説明するのも大儀だった。愛想笑いをして頭を下げただけだ。

「ささ、芳太郎さん。着ている物を脱いで、これに着替えて下さいな」

八重はそう言いながら、自然にやり切れない気持ちになった。大の男が三日も腹を空かせて江戸をほっつき歩き、何をしているのかと思った。

着替えを済ませた芳太郎を茶の間に上げ、箱膳を運んだ。お櫃から飯をよそい、茶を掛けてやると、芳太郎は茶碗にかぶりつくようにして搔き込んだ。

「今まで、どこにいたのだえ」

八重は息つく暇もなく茶漬けを搔き込む芳太郎を見ながら訊いた。

「色々」

「おてつさんと子供達は？」

「知らねェ。ある日、起きたら、誰もいなかったのよ。薄情だぜ、あいつ等」

「芳太郎さんが働かないから愛想をつかしたんだよ」

「おてつはおれが幾ら稼いでも足りねェと言うおなごだった。おれだって、実入りがよかった時もあったんだぜ。月に三両も稼いで、これならお釣りがくるだろうと思っても、やっぱり、おてつは足りねェと言った。おれはいい加減、やる気をなくしたものよ。その内におてつは、あちこちに借金するようになった。おれが寝ねェで稼いでも、それっぽっちじゃ焼け石に水だとほざいた」

「だけど、芳太郎さんだって、いい恰好して友達に大盤振る舞いしていたんだろ？　きっとおてつさんは、その工面で四苦八苦していたんだよ」

「そうかな」

芳太郎は茶碗を突き出し、お代わりを催促しながら首を傾げた。

腹ごしらえが済むと、芳太郎は野放図な欠伸を洩らし、腕枕をして横になった。すぐに軽い鼾が聞こえてきた。

八重はまた、やり切れない吐息をついた。

半刻（約一時間）ほど経った頃、油障子の開く音がした。八重が店に出て行くと、おみちと一緒に利三郎が入って来た。八重は心からほっとした。

「いるのかい？」

利三郎は茶の間に顎をしゃくった。

「ああ」

そう応えた途端、利三郎は乱暴に雪駄を脱ぎ捨て、茶の間に上がった。そして、呑気に横になっていた芳太郎の尻を蹴り上げた。芳太郎は驚いて飛び起きると、顔の前に腕をかざして防御の姿勢をとった。人から殴られるのがしょっちゅうという感じの仕種(しぐさ)だった。

「どの面(つら)下げてここに来た。え？　答えやがれ！」

おみちと一緒で利三郎も容赦(ようしゃ)がない。芳太郎は、すまねェ、すまねェを繰り返すばかりだった。

「おれは言ったはずだ。おっ義母さんの前に現れるなってな。おっ義母さんを家から追い出したのは手前ェなんだぞ。食い潰して女房子供に逃げられたからって、ここだけは手前ェが足を向けられる所じゃねェんだ。帰れ！　さっさと帰れ」

利三郎が唾(つば)を飛ばしながら罵(ののし)ると芳太郎はおんおんと声を上げて泣いた。

「さぶちゃん。もうやめておくれ」

八重はたまらず利三郎を止めた。

「情けないじゃないか。おれはこんな兄さんなんて見たくねェ」

利三郎は悔し涙を浮かべていた。

「さぶちゃんは兄さんに手切れ金を渡したからね、怒る気持ちもわかるよ。だけど、このままにもして置けないじゃないか。実の兄さんだもの」

八重はそう言うしかなかった。

「もう兄さんじゃねェよ」

利三郎の言葉が八重の胸をえぐった。

「飯を喰ったんだから、もういいだろう。帰ェんな」

利三郎が続けると、芳太郎は八重の顔を見た。何んとか口添えしてくれという表情だった。

「芳太郎さん。悪いがうちには置けないよ。うちはおみちとあたしで、食べるのが精一杯だ。芳太郎さんを養うことはできないんだ。わかっておくれ」

八重は芳太郎の顔を見ずに言った。芳太郎はしゅんと洟を啜ったが、納得した様子で腰を上げた。そのまま、勝手口から外に出て行った。後に残された三人は、しばらく黙ったままだった。

「どうするのかねえ、これから」

八重がぽつりと呟くと、利三郎は慌てて立ち上がった。

「無駄よ、さぶちゃん」

おみちはぴしりと言う。利三郎は芳太郎を追い掛けるのだと察していた。

「心配するな。ここには迷惑を掛けない。おれのヤサ（家）に置くから」

「さぶちゃん……」

八重は感激した。

「しばらく様子を見て、仕事をする気になるなら御(おん)の字だ。だが、前と同じなら、今度こそ見切りをつける」

利三郎は決心したように言う。

「変わらないと思うけど」

おみちは冷たく応えた。

「やってみなけりゃわからねェよ。な、おっ義母さん」

「ああ。さぶちゃん、恩に着るよ。着る物はあたしが後で何するから」

「ありがとうよ」

利三郎はそこで初めて笑顔を見せた。

利三郎が帰ると、八重は芳太郎の使った茶碗を流しに持って行った。

「ご飯がなくなっちまった。おみち、蕎麦(そば)でも食べに行こうよ」

八重はおみちの気持ちを引き立てるように言った。おみちは返事をせず、いきなりわっと泣き伏した。

「安心したんだね。やっぱりおみちは妹だから」

「どうしてこんなことになるのかわからない。あの兄さんが、あの兄さんが

「……」

おみちは後の言葉が続かなかった。

「いつかここに来るだろうとは思っていたよ。でも、今日でよかった。さぶちゃんがうまく収めてくれたからね。これをきっかけに芳太郎さんが立ち直ってくれることを祈るんだ。ね、おみち」

八重がそう言うと、おみちは泣きながら笑った。

四

翌朝、八重が暖簾(のれん)を出した時、山本屋のお桑が植木の手入れをしているのに気づいた。

「お早(はよ)うございます。今日はよい天気になりそうですね」

八重は気軽に声を掛けた。風もやみ、昨日と違って薄陽(うすび)も射していた。

「おかみさん。昨日、あたしが外に出ている間にいらしたそうですね。うちのお爺ちゃん、すっかり忘れていて、朝になって、ようやく思い出して言うんですよ。何かありました?」

お桑は心配そうに訊く。

「ええ。ちょっとお熊さんのことで……」

そう言うと、お桑は眉を持ち上げた。

「自身番にしょっ引かれて、いい気味よ。これで少しはおとなしくなるでしょうよ。でも、まだ家に戻っていないようね。よほど油を絞られているのかしら」

お桑は小意地の悪い顔で続ける。

「奉行所のお役人に事情を訊かれましたか」

八重は恐る恐る言った。

「ええ。呉服屋から戻ると、八丁堀の旦那が見えましたよ。あたし、今までのこと、洗いざらい喋ってやった。おかみさんも事情を訊かれたんですか」

「いいえ。うちは訊かれませんでしたよ」

「あたしはねえ、おかみさん。この先、何があるか知れたものじゃないから、どうにかしてくれと八丁堀の旦那に頼んだんですよ。そうしたら、わかったって」

「何がわかったとおっしゃるのでしょうか」

八重は怒気を押し殺して訊いた。

「それなりの手立てを考えるってことでしょうよ」

「つまり、お熊さんを牢屋に放り込んでほしいとお桑さんは頼んだんですね」

「そんなことは言ってませんよ。幾ら何んでも近所の人を」

気色ばんだ八重にお桑は慌てて応える。

「でも、結局はそうなるかも知れませんよ。お熊さん、戻っていないところをみると、茅場町の大番屋に連れて行かれ、そこの牢屋に入れられたんでしょうよ。悪くすりゃ、小伝馬町送りですよ。小火騒ぎが大事件になっちまった」

「あたしのせいじゃありませんよ。それもこれも、お熊さんが蒔いた種だ」

お桑はあくまでも他人事のように言う。

「そうですね。元はあの人に責任がある。たとえ縛り首になろうが、火あぶりになろうが、それは誰のせいでもなく、お熊さんの蒔いた種なんでしょうよ」

八重はそれだけ言うと、くるりと踵を返した。背中に憎々しげなお桑の視線を感じた。

多分、お桑は自分が余計なことを喋ったためにお熊がなかなか解き放ちにならないとは思っていない。そんなお桑に意見しても無駄というものだ。

「皆んな勝手だ」

八重は独りごちた。

午前中はぽつぽつと客が訪れたので、八重もその間だけは、いやなことを忘れられた。

しかし、昼過ぎに駒蔵が店に顔を出すと八重の胃の腑がきゅっと縮んだ気がした。

「どうしました、親分」

八重は内心の思いを隠し、さり気なく訊いた。駒蔵はうなじを人差し指でぽりぽりと掻きながら「頼みてェことがあるんだが」と言った。

「何んですか」

「お熊さんを説得してくれねェか。おれ達じゃ、もうお手上げよ」

「お熊さん、小火を出してすまなかったと言わないのね」

「ああ。その通りだ。このままじゃ、小伝馬町に送られ、最後はお奉行の裁きを受けることになる。それを言っても、やるならやれと、こうだ。ほっぺた張られたぐらいじゃ、びくともしねェ。呆れたくそ意地だな」

駒蔵は感心したような顔で言う。

「あたしにどうしろと」

「謝れと勧めてくれ。それでけりがつく」

駒蔵はきっぱりと言った。

「娘を連れて行った方がいいですか」

「そうしてくれるかい」

「ええ。ご近所のことですもの」

「いずれ、親戚になるかも知れねェしよ」

駒蔵は悪戯っぽい顔で笑った。

八重は戸締りをして、隣りの豆腐屋に声を掛けた。

角屋の主（あるじ）は「頼むぜ、おかみさん。早くお熊さんを連れて来ておくれ」と、言った。八重は主の角助の言葉に思わず、目頭（めがしら）が熱くなった。薄情な人間ばかりとは限らない。中には親身に思ってくれる者だっているのだ。

「角助さんの言葉、お熊さんに伝えますよ。きっとあの人は喜んでくれる」

「なあに。得意先から注文がねェのは、こっちも困るからよう」

角助は冗談に紛らわせた。

茅場町の大番屋は日本橋川の川岸にある。

八重とおみちは駒蔵に促され、小網町から鎧（よろい）の渡しで表南茅場町に着いた。おみちの顔は緊張で青白く見えた。恐らく、自分もそんな顔色をしているだろうと八重は思う。大番屋など、今まで入ったことはない。一生、縁のない所と思っていたが、世の中は何が起きるか知れたものではなかった。

駒蔵は先に大番屋に入り、中にいた役人に八重とおみちのことを知らせた。ほどなく二人は中に入るように言われた。

玉砂利の中央に筵が敷かれていた。戸口の傍にも筵が敷いてあり、八重とおみちは戸口の傍の筵に座るよう命じられた。三尺ほど高い位置に役人達が座る座敷もあった。役人達はそこから下手人や咎人を見下ろすのだ。

八重は自分も下手人にさせられたような気持ちになり、落ち着かなかった。だが、座敷にいた二人の同心は茶を飲みながら世間話に興じていて、時々、呑気な笑い声まで立てた。

「旦那、そろそろよろしいですか」

駒蔵は慇懃に訊いた。

「うむ」

四十がらみの同心は途端に真顔になると、中間に顎をしゃくった。半纏姿の中間は「へい」と応え、奥の方に向かった。どうやら牢はそちらにあるらしい。

錠を外す音が聞こえた。おみちは八重の手をぎゅっと握った。八重も握り返した。

「落ち着くんだよ」

八重はそう言ったが、それは自分にも言い聞かせたつもりだった。

やがて縄で縛られたお熊が現れた。頬骨の辺りが青黒くなっている。唇も切れていた。

だが、眼だけは爛々(らんらん)と光っていた。

「小母さん！」

おみちは思わず悲鳴のような声を上げた。

すぐさま「静かにしろい！」と中間に怒鳴られた。

「お熊よう、そろそろ観念する気になったかい」

同心の一人が煙管(きせる)に刻みを詰めながら訊いた。お熊は返事をせず、そっぽを向いた。

「お前ェ(め)の可愛い倅と恋仲になっている娘まで心配して来ているんだぜ。ここは素直に謝ったらどうだ」

お熊はそれでも応えない。すまないと謝ればそれで済むのに、お熊はそうしない。謝ることは殴られるよりもお熊には難しいことなのか。八重は喉の奥に塊ができたような気分になり、思わず咽んだ。

「娘の母親も泣いているぜ。このままだと倅の縁談も反故になりそうだ。え、それでいいのか、お熊！」

同心は突然、激昂した。

「何が言いたい」

お熊は低い声で訊いた。

「だから、小火を出して申し訳ないと、素直に認めればいいってことよ」

「認めたらどうなる」

「何んだ、そのもの言いは」

中間は癇を立て、棒でお熊の背を打った。

おみちは悲鳴を上げた。

「近所に迷惑を掛けたと頭を下げれば、それでいいんだよ。簡単なことだ」

もう一人の同心が穏やかな口調で言った。こちらは五十がらみの分別臭い顔をした男だ。

奉行所の定廻り同心は四十、五十が働き盛りだと八重は駒蔵から聞いたことがあった。

一人が脅し、一人が宥める。役割分担も堂に入っていた。

「おれは近所に迷惑を掛けたとは思っちゃいねェよ。火事だと早合点したのは裏のばか男だ。そのばかの言うことを真に受けた火消しも火消しよ。おれは蒲団の皮を焼いただけだ」

お熊はふてぶてしく応えた。おみちの息が荒くなった。八重は興奮を鎮めるようにおみちの手の甲を叩いた。

「ばかは小母さんよ」

だが、おみちは叫んだ。二人の同心はぎょっとしておみちを見た。中間がおみちの傍に近寄るそぶりを見せた。五十がらみの同心は目顔でそれを制した。

「おれがばかか。言ってくれるじゃねェか、おみっちゃん」

お熊はぎらりとおみちを睨んだ。

「どうして素直になれないの。謝ればそれで済むことじゃないの。もしも大火にでもなったら、小母さんはどう言い訳するのよ」

「その時は首を縊るわな」

「それで済むと思うの。勝手な言い種よ。鶴太郎さんがいたら情けなくて泣くよ」

「お熊さん。お願いだから逆らわないでおくれ。近所にはあたしが謝って歩くから」

八重はたまらず口を挟んだ。

「おれのためにお八重さんが謝る？　本気なのかえ」

「ああ、本気だ。あんたは人に謝るくらいなら死んだ方がましだと思っているんだろ？　いいよ、それで今まで通して来たんだから。これからもそれで行けばいいんだ。あたしは平気だ。あんたのためなら百万遍も謝ってやるよ。あんたはいずれ、おみちの姑になる人だ。あたしは粗末にできないと思っているよ。お役人様……」

八重は同心に向き直った。

「お熊さんの罪はあたしが被ります。ですから、どうぞお熊さんをお解き放ち下さいまし。この通りでございます」

八重は筵に額を擦りつけるようにして頭を下げた。

「さようか。それなら話は早い。お熊、それで異存はないな。お熊を解き放ち、代わりに小間物屋『富屋』の八重を召し捕る。おう、八重に縄を掛けろ」

四十がらみの同心が中間に顎をしゃくった。

慌てたのはお熊だった。

「やめてくれ。それだけはやめてくれ」

「何んだ、何が不足だ。八重がお前の代わりに罪を被ると言ってるんだ。八重はお前と違って無駄な意地を張らぬ。おれ達は忙しいのだ。いつまでもつまらぬことで刻を喰いたくはない。小火騒ぎを起こしたのがお熊でも八重でもどっちでもいいのよ」

それが同心の手管だと、八重はすぐには気づかなかった。だが、お熊はとうとう観念した。おれが悪かったと。五十がらみの同心は思わず手を叩き「でかした、八重」と褒めた。

八重は訳がわからず、ぽかんと二人の同心を見つめていた。

口書きも爪印もいらず、お熊はすぐに解き放ちとなった。八重は狐に化かされたような気持ちだった。

「芝居を企んだのかい、お八重さん」

帰り道を辿りながらお熊は訊く。

「滅相(めっそう)もない。あんな所で芝居ができますか」

八重はにべもなく応える。

「本当におれの身代わりになるつもりだったのかえ」

「ええ、そうですよ」

「見上げたものだよ、屋根屋のふんどしってか？」

お熊は冗談を言ったが、そっと眼を拭(ぬぐ)った。

「小母さん。帰ったら鶴の湯に行こうよ。きっと垢が溜まっている。それで、今晩は三人で湯豆腐でもしよう？」

おみちが張り切って言った。

「そうだねえ、角屋さんもお熊さんからの注文を待ってるしね」

八重も言い添えた。お熊は唇を噛み締めて黙っている。気に入らないのだろうかと、八重はおみちと顔を見合わせた。

「小母さん。湯豆腐は気が進まない？」

おみちは恐る恐る訊く。

「いや。湯豆腐は好物だ。豆腐はおれが買うが、何丁いるか考えていたのよ」

何んだ、そんなことかと八重は胸を撫(な)で下ろした。

五

帰る途中、半助長屋の前まで来ると、芳太郎が竹箒（たけぼうき）で裏店の門口（かどぐち）の前を掃除していた。芳太郎は八重とおみちに気づくと、笑顔を見せた。頭はそのままだったが髭だけは剃（そ）っていた。

「誰だ、手前ェは」

お熊は芳太郎を睨んだ。

「お熊さん。おみちの兄ですよ」

八重は慌てて言った。

「夜逃げした、あの兄か？」

お熊は八重と芳太郎を交互に見ながら訊く。

「ええ」

「その兄がどうしてここにいるのよ」

「しばらく、利三郎の所に置くつもりなんですよ。何しろ居場所がないもので」

そう言ったがお熊は明らかに不愉快そうだった。

「おれは聞いちゃいないぞ」

「ですから、お熊さんに断ろうにも、お熊さんは……」

「夜逃げするような男は、その内に店賃を踏み倒してとんずらするに決まっている。とっとと出て行って貰おうか」

八重の恩も忘れて、すぐにそのていたらくだった。八重は言い繕うのをやめた。勝手にしろという感じだった。何も言わず、自分の店に向かって歩いた。

「おっ義母さん、おっ義母さん」

おみちが後を追ってきた。

「兄さん、困っているよ。何んとか言ってよ」

「知らないよ。芳太郎さんもお熊さんも、もうたくさんだよ」

八重はくさくさした表情で言った。家に戻って早く茶を飲みたかった。おみちは気になる様子で、お熊と芳太郎の所へ戻って行った。

店に戻り、雨戸を外した時、お熊の家の前でふんどしに半纏を羽織り、笠を被った男がうろうろしているのが眼についた。

「もし、何か御用ですか」

八重は声を掛けた。

「この家は留守ですかい？　箱根から手紙を持って参じやしたが」

「まあ、飛脚屋さんですか」

「さいです」

「お手紙なら預かりますよ」

八重は気軽に言った。

「いや、それがちょいと訳ありでして」

「訳あり？」

八重は呑み込めない顔で陽に灼けた飛脚の顔を見た。笠の陰になっているがぎょろりとした眼が気の毒そうな色をたたえていた。

「鶴太郎さんの具合が悪くなったんですか」

八重は不安な気持ちで訊いた。

「いえ、亡くなったそうです。それで、仏はこっちまで運べねェんで、向こうで荼毘に付したらしいです。事が事なんで、近所に預ける訳にも行かねェなと思案しているんですよ。まだ、母親は戻って来やせんかい」

八重は返答ができなかった。鶴太郎が死んだ？　なぜ、どうして。

「そんなことがあって……おたまり小法師があるものか！」

八重はお桑の舅の言葉を呟いていた。

「へ？」

怪訝な顔で飛脚は八重を見る。

「向こうに体格のいいおかみさんが見えるでしょう？」

気が遠くなりそうなのを堪え、八重は通りを指差す。

「へい。あの人が母親ですかい」

「ええ……」

「そいじゃ」

飛脚はほっとしたようにお熊の傍に駆けて行った。飛脚の引き締まった足が遠ざかる。

芳太郎を怒鳴っていたお熊は飛脚の呼び掛けにこちらを向いた。手紙が渡された。おみちはまだ笑顔だ。鶴太郎からの便りだと胸を弾ませている。だが、次の瞬間、お熊の身体はのけぞった。芳太郎が慌ててお熊を支える。おみちはしゃがみ込んで顔を覆った。

まるで夢のような情景だった。八重は呆然とその場に佇みながら「おたまり小法師があるものか」を、繰り返し呟いていた。

その言葉を知らなかったら、八重はその場に立っていることもできなかっただろう。

だが、その言葉を繰り返すごとに哀しみが現実味を帯びて八重の胸に拡がるのだった。

十日えびす

一

昨夜は冷え込みがきついと思ったのも道理で、朝、目覚めてみると外はうっすらと雪が積もっていた。油障子を透かして八重の店の中に射してくる光も、そのせいか白々として見える。だが、その日は朝からよい天気だったので、雪も昼前には、すっかり解けてしまうだろうと八重は思った。表通りはひっそりと静かだった。だから葉茶屋「山本屋」のお桑の涙声がいっそう大きく感じられた。

「あたし、どうしていいかわからない。近所の人だって、今までお熊さんを敵のように思っていたくせに、鶴太郎さんのことを聞いた途端、何も八丁堀の旦那にあれこれ言うことはなかったんだと、あたしを詰るんですよ。仕舞いには鶴太郎さんの不幸まであたしのせいだみたいな言い方をして。あたし、たまらないんです」

お桑はさんざん泣いて、眼を腫らしていた。

「お桑さんのせいじゃありませんよ」

八重は静かな声で言った。小火騒ぎを起こしたお熊は確かに悪い。だが、聞き込みに訪れた町方役人へ今までのうっぷんを晴らすかのようにお熊の悪口を並べ立てたお桑も、やり過ぎだと八重は思う。そのためにお熊は大番屋に連行され、挙句の果てに、そこへ泊まる羽目になったのだから。

八重とおみちが頭を下げて役人に取りなしを願い、ようやくお熊は解き放ちになったが、その日の内に、お熊は再び不運に見舞われた。

最愛の息子が死んだと、箱根から手紙が届いたのだ。

お熊の息子の鶴太郎は箱根の湯元へ湯治に出かけていた。おみちと一緒になるために少しでも早く病を治すためだった。

箱根に着いてからの鶴太郎は具合を悪くすることもなく、日に三度ほど湯に浸かり、その他は絵を描いたり、近所を散歩したりしていた。食欲もあり、この調子なら江戸に戻った時はすっかり元気になっているだろうと、同行した親戚の男も宿の主も思っていたという。

鶴太郎は散歩の時には画帖を携え、付近の景色を写生することがもっぱらだった。最初は親戚の男も一緒に散歩につき合っていたが、慣れてくると鶴太郎は一人で出かけるようになった。その日も鶴太郎は湯浴みを終えた後で散歩に出た。宿の裏手は三間ほどの巾の川が流れていた。川巾は狭いが存外に水量が多く、流れも速かった。梅雨時には今まで度々氾濫を起こして来たという。川岸には人が一人通れる小道がついていた。その小道は川の上流へと続いていた。天気がよければ景色もよく、絶好の散策路だった。だが、雨上がりなどには足許が滑りやすいので、宿の主もお内儀も客には注意を促していた。

箱根は雪と雨が交互に降る不安定な天気が続いていた。川の水嵩は増し、小道はぬかるんでいた。鶴太郎は毎日のように散歩していたので、少々の雨など厭わなかった。綿入れに首巻きをして気軽に出かけていた。せめて足許が下駄ではなく、草鞋だったら事故を防げただろう。慣れた道だったので鶴太郎にも油断があったのかも知れない。つい足を滑らせ、川に嵌り、流されてしまったのだ。鶴太郎の戻りが遅いので、心配した親戚の男が様子を見に行くと、画帖は落ちていたが鶴太郎の姿はなかった。男は慌てて宿に知らせ、それから大掛かりな捜索が開始された。

鶴太郎は翌日の夕方、川下で遺体となって発見された。

鶴太郎の不幸の知らせを受けたお熊は、箱根に向かう仕度を始めた。おみちはお熊に同行したいと言った。最初、おみちは鶴太郎と一緒に箱根に行くつもりだった。八重は世間体を考えて止めたのだ。おみちは、自分が傍についていたなら、鶴太郎が死ぬことはなかったのだと内心で思っているはずだ。もはや、八重にはおみちの箱根行きを反対する理由もなかった。だが、女の旅は何があるかわからない。八重は三男の利三郎に、どうしたらよいものかと相談した。すると利三郎は、長男の芳太郎をつけてやったらどうかと案を出した。芳太郎は喰い潰して家族と別れ、もの貰い同然の恰好で八重の所に現れた。利三郎は口汚く芳太郎を詰ったが、そこは兄弟である。自分の住む裏店に芳太郎を連れて行き、しばらく一緒に住むこととなった。自由が利くのは、その時、芳太郎しかいなかった。利三郎は貸本屋の仕事があるし、八重も店があったからだ。

「芳太郎さん。あんた、ちゃんとおみちとお熊さんを連れて箱根まで行けるのかえ」

いささか心許ない気持ちで八重は芳太郎に訊いた。

「おれは構わねェよ。お熊さんが承知してくれるのなら」

芳太郎はあっさり応えた。道中の路銀と宿代はお熊が持つとしても、途中で妙な心持ちになって、どこかへ行ってしまいそうな心配があった。

「いいか。勝手なことをしたら承知しねェからな」

八重の代わりに利三郎が釘を刺してくれた。

「おれだって馬鹿じゃねェ。お熊さんがどんな気持ちでいるのか察しているよ。それにおみちが惚れた男だと聞かされたんじゃ、なおさら放っておけねェ。今までさんざん皆んなに心配を掛けたから、ここらでひとつ、恩返しの真似事をさせてくれ」

芳太郎の言葉は涙が出るほど八重には嬉しかった。名主から道中手形を出して貰うと、三人は旅仕度を調え、箱根に向けて慌しく出立した。うまく行けば、年内に戻って来られそうだが、それも向こうに着いてからの話で、どうなるかはわからなかった。

「ねえ、お八重さん。あたしはどうしたらいいの」

ぐすっと水洟を啜ってお桑は同じことを訊く。自分が悪者になるのが耐えられないという態だ。こんな輩はどこにでもいる。根は小心者のくせに人の陰口を叩くのが好きなのだ。

誰もお熊をよく思っていないのをいいことに、お桑は言いたい放題だった。お熊が大番屋に連行されると、さすがに近所の人々は同情したが、お桑だけは小気味よさそうだった。

鶴太郎の死で風向きはいっきに変わった。

近所の人々はお桑に非難の眼を向けるようになったのだ。何事も調子に乗るものではないと、八重は独りごちた。人の身になって考えたら、そうそう勝手なことなど言えないものだ。

「お熊さんが戻って来たら、心からお悔やみを述べることですよ。それだけでいいと思いますよ。人の言うことを気にしても始まりませんから、何を言われてもじっと我慢していることですよ。下手にあれこれ言い訳しない方がいいですね」

八重は諭すように言った。

「あたし、鶴太郎さんが亡くなったことを喜んでなんていませんよ」

「わかっておりますよ。でもねえ、どうして鶴太郎さんが亡くなったのか、あたしには解せないんですよ」

八重は油障子へ眼を向けて言った。鶴太郎はいつもより遠くまで散歩したらしい。雨上がりで道はぬかるんでいたから、途中で切り上げて戻るならわかるが、わざわざもっと遠くまで行ったのが腑に落ちなかった。いったい鶴太郎は何を考えていたものやら。

「人が不意に亡くなる時は色々とおかしなことがあるものですよ」

お桑は少し落ち着いた様子で、八重が淹(い)れたお茶を飲むと、そう応えた。

「そんなものでしょうかねえ」

「そういう宿命(さだめ)だったんでしょうよ」

「またお桑さん。そんなこと言って」

八重はさりげなくお桑を窘(たしな)めた。

「だって、お八重さんだって、本当はおみっちゃんを鶴太郎さんの所へお嫁にやりたくなかったんでしょう？」

「………」

八重は言葉に窮した。お桑はそんな八重を小意地の悪い眼で見ると続けた。

「そりゃそうですよ。誰が好きこのんで病持ちの男へなんぞ嫁に出すものか。お八重さん、本当は、ほっとしていない？」

「お桑さん！」

たまらず八重は声を荒らげた。「そんなこと、間違ってもよそで喋(しゃべ)ってはいけませんよ」と、釘を刺した。お桑は首を竦(すく)めた。

「お茶、ご馳走様。お蔭で少し気が晴れましたよ」

お桑はお愛想を言って帰って行った。お桑の使った湯呑を台所に片づけながら、八重は自分の気持ちを確かめていた。どこかで、これでよかったのだと自分は思っていないだろうかと。いやいや。八重は首を振った。病持ちだろうが何んだろうが、鶴太郎はおみちの惚れた相手である。おみちがそれで苦労しても仕方がない。八重が薦めた相手ではない。おみちが自分で選んだ相手だ。だとするなら、母親としておみちの倖せを願うばかりである。

お桑の言ったようなことは万に一つもある訳がない。八重は唇を噛み締め、力を入れて湯呑を洗った。

二

長女のおせつと次女のおゆりが八重の所に訪れたのは、おみちが箱根に発って、ひと廻り（一週間）ほど過ぎた午後のことだった。

「おっ義母さん。大変なことが起きたものね」

おゆりはこたつに入ると、みかんの皮を剥きながら言った。正月は夫の三右衛門が亡くなっていたこともあり、何も仕度はいらなかった。だが、みかんが好物のおみちのために懇意にしている水菓子屋から箱で取り寄せていた。おみちは鶴太郎のことで食欲もなくなり、せっかくのみかんにも、ほとんど手をつけないいま箱根に行ってしまった。

「誰から聞いたのだえ」

八重は茶を淹れながらおゆりの顔を見た。

「さぶちゃんがおゆりの家の近くまで来た時に立ち寄って知らせてくれたそうよ。おゆり、大慌てであたしの所にやって来たのよ」

おせつは応えようとしたおゆりを遮るように言った。

「そうかえ……」

「おみち、さぞ気を落としたでしょうね。可哀想に」

おせつがそう言うと、おゆりはみかんの実を口に入れたまま咽んだ。

「ちょっと。泣くか、食べるかどっちかにしてよ」

おせつは呆れたようにおゆりに言った。

「それでおっ義母さん。兄さんも一緒に行ったそうだけど、大丈夫なの？」

おせつは八重に向き直って続けた。

「女だけの旅は危ないからさ。芳太郎さんが傍にいれば、あたしも安心だし」

「役に立つのかしら」

おせつはため息をついて、八重の差し出した湯呑に口をつけた。

「今までさんざん心配を掛けたから、ここらで恩返しさせてくれと殊勝に言っていたよ。大丈夫だよ、おせっちゃん」

八重はおせつを安心させるように言った。

「これを機会に改心してくれるといいのだけど」

おせつは、あまり信用していない表情だった。

「お熊さん、これからどうするのかしら。ひとりぼっちになってしまって」

おゆりは洟を啜って言った。

「さあ、どうするのかねえ」

先のことより、今は鶴太郎のことで頭がいっぱいのはずだ。鶴太郎の骨を江戸へ持ち帰り、弔いをして菩提寺に骨を納めるだろう。

四十九日までは仏の世話で何かと忙しいから余計なことを考える暇もないはずだ。暮らしの掛かりもさほど心配することはない。お熊は裏店の家主なので、そこから毎月店賃が入るからだ。だが、気の張りは失せるだろう。息子ひと筋に生きて来た女だった。

「おみち、ここで暮らすのは辛いでしょうね」

おせつはおみちの気持ちを慮る。

「おみちが、ここにいたくないと言うのなら、あたしは引っ越ししてもいいんだよ」

八重は正直な気持ちを言った。この堀江町に来てから、全くろくなことは起きていない。

心機一転を図るため、よそへ引っ越しした方がいいのかも知れない。

「まだ、一年も経っていないのに。それに、商売をするのに適当な仕舞屋が、そうそう見つかるとは思えないけど」

おせつは賛成できないような顔で言った。

「おみち次第でしょう？　おっ義母さん」

おゆりは八重の顔色を窺いながら訊く。

「ああ」

「おみちが帰って来たら、すぐに知らせてね。あたしと姉さん、すぐに飛んでくるから」

「これから大晦日に掛けて、何かと忙しくなる。無理をしなくていいよ。お正月の仕度もあることだし」

八重は二人をいなした。

「あら、うちも姉さんの所もお正月の仕度はいらないのよ。お父っつぁんが亡くなっているんですもの」

「……そうだったねえ」

たとい嫁の実家のことでも喪に服すのは世の倣いだった。正月の掛かりも馬鹿にならないから、案外、両方の家は倹約ができてほっとしているのかも知れない。八重は内心でそんなことを思っていた。

おせつとおゆりは夕方が近くなると慌てて帰って行った。二人ともみかんを手土産に持ち帰ることは忘れなかった。女にとって、きょうだいも大事だけど、嫁いだ先の家族はもっと大事だった。それが当たり前と思いながら八重は少し寂しかった。

お熊のいない堀江町は気が抜けたように静かだったが、暮が押し迫るにつれ、次第に賑やかさを増していった。表通りの商家の店先には正月用の荷を積んだ大八車が毎日のように横づけされる。八重の店にも小間物問屋から娘達の晴れ着に合わせた櫛や簪が届けられた。孫娘のお年玉代わりにする年寄りの客がそれ等をぽつぽつと買ってくれるので、応対に追われる八重も、つかの間、寂しさを忘れられた。

朝の掃除を済ませてから八重は暖簾を出し、その後で雑巾掛けに使った水を通りに振り撒いた。その時、菅笠を被り、背中に荷を背負った男が目の前を通り過ぎた。男は通り過ぎてから、ふと立ち止まり、振り返って店の中を覗いた。並べている品物が気になる様子である。

「何かお探しでしょうか」

八重は笑顔で男に訊いた。男は菅笠の端をちょいと持ち上げ、八重に小さく会釈した。年の頃、三十五、六だろうか。愛嬌が感じられる丸い眼がおどおどと八重を見つめる。

「ここは小間物屋さんですかい」

そう訊いた声も遠慮がちだった。

「ええ、そうですよ」

「そのう、十歳ばかりの娘に合いそうな櫛なんぞは置いていますかい」

男はどうやら娘の土産を算段しているらしい。

「ええ。ちょうど正月用に少し多めに品物を取り寄せたところでございますよ」

「さぞお高いんでございましょうねえ。江戸の品物は何んでも高直ですから」

「お客様は江戸にお住まいではないのですか」

ただの行商人と思ったが、よく見ると、男の恰好は旅人のようでもあった。

「へい。武州の田舎から三日前に出て来やして、これから国に帰るところです」

「まあまあ、それはご苦労様でございますねえ。櫛をお探しですか」

「へい。娘に江戸へ行ったなら紅い塗りの櫛を買ってきてくれとせがまれていたんですよ」

「色々取り揃えておりますので、まずはごらんになったらいかがですか。お買い上げになるかならないかはお客様の勝手でございますので」

八重は柔らかく勧めた。逡巡した表情をしていたが、男はようやくその気になって店の中に足を踏み入れた。

「いやあ、これはこれは……」

色とりどりの櫛や簪を目にすると男は感歎の声を上げた。

「家の近くによろず屋がありやして、そこにも小間物の類は置いてありやすが、こんなに品物があったためしはありやせん。さすが江戸でござんすねえ」

男は喰い入るように品物を見つめたまま続けた。紅い塗りの櫛は何種類もあった。男は貝細工を施(ほどこ)した櫛を取り上げ「これはお幾らになるんで?」と訊いた。

それは中でも一番値の張るものだった。

「それは細工も凝(こ)っておりますので一朱(しゅ)(一両の十六分の一)になります」

八重が応えると、男は短い吐息をついて櫛を元に戻した。

「そいじゃ、これはどのぐらいなんで?」

男は梅鉢の模様が入った櫛を取り上げた。

貝細工のものより見劣りはするが、案外、それぐらいのものの方が十歳の娘にはよく似合うと思う。

「それはお手頃で五十八文ですよ」

それでも男は決心がつかない様子だった。

「ご無礼ですが、ご予算はいかほどですか」

八重は遠慮がちに訊いた。

「そのう、三十文ほどなんで」

男は渋々応えた。八重はつかの間、言葉に窮した。手拭い一本買っても三十八文は取られるご時世である。祭りの露店の安櫛ならいざ知らず、江戸の当たり前の小間物屋に、そんな安い櫛は置いていない。

八重の店の品物は櫛職人が丹精込めて拵えたものばかりなので、値は少し張るが長持ちする。買って間もない内に不具合が生じた時には取り替えも可能だった。

だが、男は値段にこだわっている様子だった。

「すんません。またこの次に致しやす」

男は諦めて頭を下げた。

「娘さんは、さぞがっかりされるでしょうね」

「仕方がありやせんよ。お恥ずかしい話、路銀が心許ねェもんで」

「お客様。三十八文出していただけますか。それなら、これをお渡しできますけど」

八重は思い切って言い、梅鉢の櫛を持ち上げた。男は唇を噛み締めて思案顔したが、ついに「そいじゃ、いただきやす」と、言った。

「ありがとうございます。いえね、娘さんが楽しみに待っているかと思ったら、何んだか可哀想で、儲けを抜きにしてお売りしたくなったんですよ」

八重は少し恩着せがましく言った。男はぺこりと頭を下げた。

「ただ今、お包み致しますので、ちょいと床几にお掛けになって下さいまし」

八重は店に置いてある床几に男を促した。櫛を入れる箱と包みを取り出しながら「お時間がおありでしたら、お茶でも一杯いかがです？」と、お愛想を言った。

「へい。そいじゃいただかせて下せェ。江戸に着いてから、あちこち駆けずり廻るばかりで、ゆっくり茶を味わう暇もありやせんでした。水茶屋に入ろうにも、かなり取られると聞いていましたんで」

男は床几に荷物を置いてから腰を下ろし、笠も外した。そそけた髪をして無精髭も伸びていたが、存外に若々しい顔が現れた。

「水茶屋は様子のいい茶酌女を置いていますからね、茶代と茶酌女のご祝儀が入るのでお高いんですよ」

八重は火鉢の上にのせた鉄瓶を着物の袖でくるむと、急須に湯を注いだ。少しして湯呑に注ぎ、男の前に運んだ。

「江戸にはご商売でおいでになったんですか」

うまそうに茶を飲む男に八重は訊いた。

「いえ、人捜しでさァ」

「まあ……」

何か事情があるようだ。八重はそれには触れず、櫛を箱に入れ、包み紙でくるんだ。さらにその上を紙紐で結わえた。

「女房を捜しに来たんでさァ」

しばらくして、男は低い声で言った。八重に、ふと打ち明けたくなったらしい。

「それで見つかりましたか？」

品物を差し出しながら訊くと、男は力なく首を振った。

「お気の毒に」

男はくたびれた巾着から三十八文を取り出して八重に渡した。見るつもりはなかったが、巾着には、あと幾らも銭が残っていないようだった。武州まで無事に辿り着けるのかと八重は余計な心配をした。

「ありがとうございます」

礼を言った後で、八重は男の顔をつかの間見た。男は照れたように八重の視線を外した。

「お国では娘さんが一人でお留守番をしているんですか」

「いえ。うちのてて親とお袋、それにあっしの妹がおりやすので、それは心配ありやせんが」

「そうですか……」

「女房はお袋や妹と反(そ)りが合わなかったんです。おとなしい女でして、じっと我慢していたんでさァ。あっしがもう少し親身になって話を聞いてやれば、こんなざまにはならなかったんですが、あっしは畑の世話でろくに暇もなかったもんで、女房の話をうわの空で聞くばかりでした。お袋と妹はきつい性格で、女房には言いたいことを言っておりやした。女房はとうとう堪忍袋(かんにんぶくろ)の緒(お)を切らしてしまったんでさァ」

「世間ではよくあることですけれどね、おかみさんが出て行くのはよほどのことだ」

「面目(めんぼく)ありやせん」

「それで風の噂で江戸にいるらしいと聞いて、出ていらしたんですね」

「さいです。すぐに後を追い掛けたかったんですが、畑の始末がつかねェ内は身動き取れやせんでした」

男の女房が、もしも江戸へ出て来たとしたら、居酒屋のお運びか、もっと質(たち)の悪い商売をしている恐れもあった。だが、八重は、それを男には言わなかった。

「余計なことを申し上げるようですが、仮におかみさんを見つけたとしても、おかみさんは素直にお国に帰るでしょうか。お姑さんと小姑さんがいる限り、同じことの繰り返しだと思いますけど」

「お袋と妹には釘を刺しやした。あいつはおれの女房で、お前達の女中じゃねェ、顎で扱き使うのはよしにしてくんなってね。そいで、元と同じなら、家を出て近所の家に移ると言いやした。あっしの祖父さんが残した家がもう一つあるんですよ。そこは今、空き家になっておりやすから」

「それはいい考えですね。近所ならお客様も今まで通り畑の仕事ができますしね」

「もっと早くそうしたらよかったんだ。あっしが不甲斐ねェばかりに女房に苦労を掛けちまったんです」

男はそう言って、しゅんと洟を啜った。八重は何気なく男の荷物に目を留めた。旅仕度にしては大袈裟だと思った。

「他にもお土産をたくさん買いなすったんですか。ずい分、大きな荷物だこと」

「いえ。これはあっしが拵えた豆が入っておりやす。もしかして買ってくれる人でもいないかと思いやしてね。路銀が心細かったんで、少しでも足しにしようかと。ですが、うまく行きやせんでした」

「ちょっと見せて」

八重は意気込んで言った。豆も買うとなったらそう安くはない。晒(さら)しの袋が小さな柳行李(やなぎごうり)の中に五つばかり入っていた。

「これがうずら、こっちは白いんげん、それから黒豆です。後は大豆と小豆(あずき)です」

艶(つや)やかな色の豆を見せて男は説明した。

「一升(いっしょう)、お幾ら？」

「路銀の足しと考えておりやしたので、全部で百文にもなりゃ、御(おん)の字です」

「うそ」

八重は思わず言った。

「本当ですって」

男はむきになった表情で応えた。江戸の女達は煮豆が好きだ。煮売り屋でも必ず煮豆を置いている。家で拵える煮豆の値(あたい)は豆の種類にもよるが、だいたい一回分二十二文ほどだ。男の持っていた豆は当たり前に買えば優に百文以上は取られるというものだった。

「あたしが買いますよ。全部置いていって」

「え？」

呆気に取られたような顔をしたが、男はすぐに満面の笑みになり「恩に着ます」と言った。

「うちだけじゃ食べきれないから、店に置いて、ほしい人には分けてあげてもいいですし」

豆を見たら売ってくれろと言い出す客は必ずいると思った。櫛を値引きした分は取り戻せるはずだ。

「そいじゃ……」

男は嬉しそうに持ち重りのする袋を八重に渡した。袋の豆は、それぞれに一升以上は入っている。八重は銭箱から百文を出して男に支払った。

「ありがとうございやす。娘の櫛も買えたし、今日はいい日になりやした」

「これでおかみさんが見つかると、もっといいのですけどね」

「へい。ですが、それはちょいと無理なような気がしやす。何しろ江戸は広いんで」

「そうですね。おかみさんは何んというお名前？」

「へい。おみちです」

「驚いた。うちの娘も同じ名前よ」

八重は興奮した声を上げた。

「そうですかい。おかみさんとは何かご縁があったような気がしやす」

男も嬉しそうに笑った。

「そうね。本当にそうね。娘さんのために一生懸命働いてね。その内にきっといいこともあると思いますよ」

八重は男へ励ますように言った。

荷物が軽くなったせいもあり、男は晴々とした顔で店を出て行った。

八重は豆の袋を取り上げて、しみじみと撫(な)でた。豆の感触が快(こころよ)かった。豊かな気持ちでもあった。女は米、味噌、醬油の蓄(たくわ)えがあることが何より安心する。もちろん、豆の類もその中に入る。おみちが帰って来たら、煮豆をたくさん拵えてやろうと思った。

三

師走(しわす)の二十日を過ぎてもおみちが戻る様子はなかった。手紙の一本ぐらいよこせばいいものをと、八重は待ちくたびれて、いらいらした。山本屋のお粂は白いんげんを買ってくれた。自分の家の食べる豆を取り置いてから、八重は小間物を並べている横に小さな木箱を置き、その中に残りの豆を入れた。客の目に留まりやすいのか、ぽつぽつ買い手がついた。

櫛の値引き分はとうに取り返したので、八重はすこぶる気分がよかった。ただ、黒豆はどこの家でもすでに買っていたようで、売れるのはそれ以外の豆ばかりだった。

「桜紙(さくらがみ)を下さいな」

湯屋帰りだろうか、小桶を脇に抱えた女が店に入って来てそう言った。湯上がりのいい匂いがした。女は首を白く塗っていたので水商売の女らしいが、見掛けない顔だった。

「ありがとうございます。桜紙ですね」

八重は頭を下げて桜紙を差し出した。

「ちょうど桜紙を切らしたので、どこか近くに小間物屋はないかと鶴の湯のお内儀さんに訊いたら、ここを教えてくれたんですよ」

鶴の湯は八重もよく行く湯屋だった。

「畏れ入ります」

「お幾ら？」

「はい。八文になります」

「あら、照降町の小間物屋は六文だったけど」

女はちくりと嫌味を言った。

「申し訳ありません。仕入れする問屋によってお値段もそれぞれですので」

八重は恐縮して応えた。

「でもまあ、こっちの方は手触りがいいような気もする。いいことにしよう」

女が思い切りよく言ってくれたので、八重は、ほっとした。女は、あまり愛嬌のある方ではない。むしろ冷たく見えるが、気持ちはそれほどでもないようだ。

「お客様は、この店には初めていらしたのですね」

八重は代金を受け取ると、さり気なく訊いた。

「ええそう。鶴の湯さんはきれいだから、少し遠いけど通っているのよ。近所の湯屋は洗い場の板がヌルヌルして気持ちが悪いったらありゃしないから。あたしは照降町の飲み屋に勤めているんですよ。なに、飲み屋と言っても裏で客を取ったりしてる見世さ。あたしは客を取らない約束で入ったが、その代わり、助平な客に触られまくりだ。客を取らなくても同じようなものさ」

女は吐き捨てるように言った。

「同じじゃありませんよ。客を取るか取らないかは大違いですよ」

女は八重の言葉に苦笑した。それから店の中を何気なく見回し、ふと豆の入っている箱に目を留めた。

「あら、お豆さんだ。小間物屋さんがお豆さんまで売るのかえ」

女は驚いたように言う。お豆さんという言い方が可愛らしかった。

「まあ、これにはちょいと事情がありまして。ついでに豆はいかがですか？　お安くしておきますよ」

「悪いけどいらない。お豆さんを買っても拵える暇がないもの」

女はそう言ったが、しばらく豆に見入っていた。

「お邪魔様。また近くまで来たら寄るかも知れない」

女は愛想笑いをして店を出て行った。女が出て行ってしばらくすると、八重は妙な気持ちになった。もしかして、あの女は櫛を買った客が捜していた女房ではないのかと。そんな偶然は滅多にないと思いながらも八重は気になった。慌てて店の外に出たが、女の姿は通りからすでに消えていた。念のため名前ぐらい訊いておけばよかったと八重は後悔した。

吐息ひとつついて店に入ろうとした時、「おっ義母さん！」と、遠くから自分を呼ぶ男の声が聞こえた。小網町の方向に眼を向けると、芳太郎がおみちを背負ってやって来るのが見えた。傍にお熊と見慣れぬ男が寄り添っている。男は鶴太郎と一緒に箱根に行った親戚らしい。八重は裾が乱れるのも構わず走った。

「どうしたんだえ。具合が悪いのかえ」

芳太郎の背中でぐったりとなっているおみちに八重は立て続けに訊いた。

「大丈夫……」

おみちは蚊の鳴くような声でようやく応えた。

「飯を喰わねェんだから、具合も悪くするわな」

お熊はいまいましそうに言う。

「鶴太郎さんのことで、すっかりまいってしまったんだねえ」

八重はおみちが不憫で涙ぐんだ。

「おみっちゃんが身も世もなく泣くんで、おれが泣く暇もなかったよ」

お熊はため息交じりに言った。

「ご迷惑をお掛けしました」

八重はお熊に頭を下げた。

「なに、それはいいってことよ。増吉、雨戸を外しておくれ。それから、ざっと掃除をしなけりゃならねェよ」

お熊は傍らの男に命じた。増吉と呼ばれた男は、さして疲れた様子もなく、ひと足先に家に向かった。

「お熊さんも、さぞお疲れでしょう。ちょいとうちに上がって、お茶でも飲んで下さいな」

八重はおみちの背中に手を添えて言う。

「いや。座ると立つのが面倒だ。積もる話は後で聞いて貰うよ。おみっちゃんと兄貴がいたお蔭でおれも心強かった。ありがとよ」

殊勝に礼を言ったお熊に八重は内心で驚いていた。今までそんなことを言う女ではなかったからだ。

「明日は寺の坊主を呼んで、弔いの真似事をするわな。お八重さん、香典はいらねェから線香を上げに来ておくれ」

お熊は八重に続けた。

「ええ、それはもう。お参りさせていただきますよ」

「おみっちゃんのこと、頼んだよ。なあに、飯を喰って、ぐっすり眠れば、すぐに元気になるさ」

お熊はおみちをちらりと見て言った。

お熊が存外にしっかりしていたので、八重も安心した。がっくり力を落としていたら、どう慰めてよいのかわからなかっただろう。

おみちは足を濯ぐ力もなく、茶の間に入ると横になった。芳太郎は自分で足を濯ぎ、尻端折りしていた着物の裾を下ろしてこたつに入った。

「芳太郎さん。あんたがいてくれて助かったよ」

八重は横になったおみちにどてらを被せると、茶の用意をしながら言った。

「天気がよかったんで道中は楽だったよ。お蔭で温泉にも浸かることができたし。だが、おみちはずっと泣きっぱなしだった」

芳太郎は眼を閉じているおみちを見ながらそう言った。

「鶴太郎が足を滑らせた場所はよう、宿からかなり離れた場所だったのよ。手紙にもそう書かれていたが、まさかあんな所まで行くとは思わなかったな」

芳太郎は遠くを見つめるような眼で言った。

「足許が危ない場所だったんだろ？」

「ああ、そこへ行く途中、太い樹(き)が倒れていたわな。鶴太郎の奴、わざわざその樹を乗り越えて先に進んでいる。何を考えていたものやら」

芳太郎はそう言って首を傾(かし)げた。

「自分の力を試したかったのよ」

おみちは眼を瞑(つぶ)ったまま低い声で言った。

「試す？」

八重は怪訝(けげん)な顔でおみちを見つめた。

「そこで戻ったら男がすたるとでも思ったんでしょうよ」

「まさか」

「いいえ。あたしにはわかる」

八重はそっと芳太郎の顔を見た。芳太郎は何も応えず湯呑の茶を口をすぼめて

「無理もないよ」

飲んでいる。

「あたしが一緒に行けば、こんなことにはならなかったはずよ。おっ義母さんが反対したからよ。皆、おっ義母さんのせいよ」

おみちは激しい言葉をぶつけ、八重に背を向け、啜り泣いた。

「馬鹿なことを言うな。何んでおっ義母さんのせいなんだ。おっ義母さんは何もしていねェよ」

芳太郎は八重を庇(かば)うようにおみちを窘めた。

「いいんだよ、芳太郎さん。おみちは気持ちが昂(たか)ぶっていて、今は普通じゃないから」

八重はいなすように言った。だが、おみちは突然、起き上がると「あたし、昂ぶってなんていない。普通じゃないですって？　普通じゃないのはおっ義母さんでしょう？　鶴太郎さんが亡くなったというのに、涙の一つもこぼさなかった。おっ義母さんは、冷たい人なのよ」と、叫んだ。その途端、芳太郎はたまらずおみちの頬を打った。

「何するのよ、このごく潰(つぶ)し！」

おみちの悪態(あくたい)は止まらなかった。芳太郎はおみちに摑み掛かろうとした。八重はそれを必死で抑（おさ）えた。

「やめておくれ。おみちの言う通り、皆んなあたしが悪いのだから」

八重は悲鳴に近い声で叫んだ。

「おみち。おっ義母さんが気に入らねェなら、ここにいることはねェ。さっさと出て行きな。おてつのように別の生きる道を探すこった。お前ェ（めえ）はもう餓鬼（がき）じゃねェ。その気になりゃ、仕事は幾らでもあらァな」

芳太郎は荒い息をしてそう言った。おてつは芳太郎の女房のことだった。おみちはさすがに黙ったが、その眼は怒りに燃えていた。

四

あくる日の夜、お熊の家で形ばかりの葬儀がとり行なわれた。おみちは朝からお熊の家に行って、色々と手伝いをしていた。

八重も早めに店を閉め、お熊の家に向かったが、おみちは八重がやって来ても、眼を合わせようともしなかった。

近所の人間は鶴太郎の突然の死を悼（いた）んで誰もが涙をこぼした。山本屋のお桑も八重の助言通り、殊勝に祭壇に手を合わせていた。

葬儀が終わると、おみちは身の周(まわ)りの物を持って、家を出て行った。どこへ行くつもりだと訊いても、おみちは返事をしなかった。

利三郎は鶴太郎の葬儀から二、三日して八重の店に現れた。

「おっ義母さん。おみちはおせつ姉さんの所にいるらしいぜ」

八重が心配しているだろうと思って知らせに来てくれたのだ。おせつの所にいるとわかって、八重もほっとした。

「おせっちゃん、迷惑しているだろうね」

「気持ちが落ち着いたら、また戻って来るさ」

利三郎は、さほど心配する様子でもなかった。

「そうだろうか。実の親子なら喧嘩しても、すぐに忘れられるだろうが、こういう問題が起きると、生(な)さぬ仲は切ないねェ」

八重はため息をついて言った。

「おみちはおっ義母さんを悪者にしなけりゃ、どうしようもなかったのさ。わかってやっておくれよ」

「さぶちゃん。そんなこと、とうに承知だ。あたしは何んとも思っていないから、あんたもあまり気にしないでおくれ。ところで、芳太郎さんはどうしている？」

「飯の仕度の合間に、ぽつぽつ仕事をするようになったぜ」

「本当かえ」

　八重の声が弾んだ。

「親父の知り合いの錺職の家に行って、仕事を手伝わせてくれと頭を下げたらしい。どうした風の吹き回しだろうね」

　利三郎は苦笑交じりに言ったが、嬉しそうだった。

「きっと、鶴太郎さんがおみちのために病を治そうとしたことが、芳太郎さんにも通じたんだよ。こうしちゃいられないと」

「そうならいいけど、あまり当てにしないで見ていた方がいいよ。あの人のことだからさ」

　利三郎は悪戯っぽい顔でにッと笑った。年内は色々と忙しいが、三が日は休めるから顔を出すと言って、利三郎は帰った。煮しめと黒豆ぐらい炊いて、利三郎に食べさせてやろうと八重は思った。おみちが出て行ってから暗い気持ちでいたが、これで少し気が晴れたと八重は思った。

「こんにちは」

油障子を開けて現れた客は、桜紙を買ってくれた女だった。この間のように小桶を抱えていた。

「お越しなさいまし。先日はありがとうございました」

八重は笑顔で頭を下げた。

「この前来た時、可愛い櫛や簪があったので、ちょいと気になってね」

「お客様がお使いですか」

「いいえ。娘に送ってやろうかと思って。ちょうど客の中で、あたしの国へ行くという人がいるものだから、ついでに頼むつもりなんですよ」

「…………」

つんと胸が疼(うず)いた。もしやもしやという気持ちが拡がった。

「つかぬことを伺(うかが)いますが、お客様のお名前はおみちさんではありませんか」

そう言うと、女は言葉に窮し、じっと八重を見つめた。

「どうして……」

どうして自分の名を知っているのかと言いたいらしい。女の声は少し掠(かす)れて聞こえた。

「おみちさんですね」

八重は確かめるように訊いた。女はこくりと肯いた。

「ご亭主がうちの店で娘さんの櫛を買って行ったんですよ。おみちさんを捜しに江戸へ出て来た帰りに」

「うちの人が……」

みるみる女の眼に膨れ上がるような涙が湧いた。

「お姑さんと、小姑さんのことで苦労なさったそうですね。でも、もう大丈夫ですよ。どうしてもお姑さん達と反りが合わないようならお祖父さんが残してくれた家に移って、これまで通り、畑の世話をするつもりだとおっしゃっておられましたから」

そう言うと、女は袖で顔を覆った。

「うちの人は悪くない。我慢できないあたしが悪いのだから」

亭主を庇う女の気持ちが八重には麗しく思えた。

「ほら、その豆もご亭主が置いて行ったんですよ」

「………」

「本当は櫛や簪より、豆が気になっていたのではないですか」

八重は、ふと言ったが、言った後で、それが図星(ずぼし)だったと確信した。女は洟を啜り、泣き笑いの顔で肯いた。

「この前来た時、うちの人の拵えるお豆さんと似ているなあと思っていたんですよ。百姓なら、自分の家で拵えるものはわかりますからね」

「ええ、そうでしょうとも」

「でも、あたしは家を飛び出した女。今さら国には戻れない」

女は低い声で言い、また涙ぐんだ。

「ちょいとお掛けなさいましな。今、お茶をお淹れしますから」

「おかみさん。構わないで下さいな。もうすぐ見世が始まる時刻になりますから」

「ほんのちょっと、ね？」

八重は強く引き留めた。女は仕方なく床几に腰を下ろした。

「うちの娘もおみちという名前なんですよ」

急須から茶を注ぎながら八重は言った。

「まあ、そうですか」

女はそこで少し笑った。

「言い交わしていた相手が急に亡くなりましてね、がっくり力を落としてしまったんですよ。気持ちのやり場がなくて、あたしにも喰って掛かり、挙句に家を飛び出してしまったんです。一番上の姉娘の所に身を寄せているらしいので安心してますけどね」

「きっと、今頃、後悔していますよ。後先考えずに思い切ったことをするのは、あたしと同じね」

女は皮肉な言い方をした。

「娘とあたしは血が繋(つな)がっていないんですよ。だから、もしかして、もう戻って来ないかも知れませんよ」

「戻って来ますって」

女は八重を安心させるように言った。

「ありがとうございます。おみちさんもお国を飛び出したことを後悔なさっているのですか」

「まあね。女一人で生きて行くのは容易なことじゃないから。江戸に出てみると、姑や小姑の意地悪なんて可愛いものだと思うようになりましたよ」

女は茶をひと口飲んで、ほっとしたような顔で応えた。

「ご亭主は本当におみちさんのことを心配しておられましたよ。戻ったらいかがですか」

「どの面下げて戻れと言うの？　あたしは泥水を啜るような暮らしをしていたのに」

「江戸での暮らしのことは何も喋らなくていいと思いますよ。お土産を持って、ただ今って言えばいいんですよ。ご亭主は黙って迎えてくれると思います。もちろん、娘さんは大喜びだ」

女の表情が動いた。縋る眼で八重を見る。

「あたしは江戸で女中奉公して、お使いの途中で富屋さんに立ち寄り、うちの人の拵えた豆を見た。富屋のおかみさんが国に戻れと強く勧めてくれたから、戻って来た……そんなうそをついても閻魔様は怒らない？」

「うそじゃありませんよ。その通りじゃないですか。お国へ向かう方がいらっしゃるなら好都合だ。一緒に連れてって貰ったらいかがですか」

八重は笑顔で応えた。

「峠はきっと雪ね」

女は懐かしい景色を思い出すように言った。

「雪ぐらい何んです。娘さんとご亭主が待っているのに」

八重は景気をつけた。

「色々ありがとうございます。見世に帰ってよく考えてみます」

女は、すぐに国へ戻るとは言わなかったが、八重に深々と頭を下げて帰って行った。

うまく元の鞘に収まればよいがと、八重は女が帰ってからもしばらく考えていた。

あちらのおみちは了簡したが、さて、こちらのおみちは、いつ了簡することやらと思った。

翌日、江戸は雪になった。そのせいで通りを行く触れ売りの声も震えて聞こえるようだった。

五

「おみっちゃん、姿が見えないようだが、どうしたね」

墓に鶴太郎の骨を納めたお熊は、ようやく落ち着いた様子で八重の所に顔を出した。

「ええ。一番上の娘の所に行ってるんですよ」

八重は出て行ったとは言わず、そう応えた。

「ここにいたら鶴太郎を思い出して辛いからなんだろ？」

お熊は訳知り顔で言う。

「そうですね。鶴太郎さんと一緒に箱根に行っていたら、こんなことにはならなかったと、未だに悔やんでいるんですよ」

「一緒に行ったところで、二六時中、鶴太郎を見張っている訳にも行かねェだろう。あいつは運がなかったのさ」

「………」

「死んだ者は仕方がねェ。おれもきっぱり諦めたよ。だが、手前ェの産んだ餓鬼は、これで皆んないなくなった」

「寂しくなりますね」

「なあに。あの増吉が一緒に暮らすと言ってくれたんで、お八重さんがさほど心配することはねェよ。増吉も漁師をするのはつくづくいやだと言っていたからさ、こっちに置いて、使い走りでもさせるさ」

「増吉さんにご家族はいらっしゃらないのですか」

「次男の冷や飯喰いで、三十を過ぎたというのに女房も持たせて貰えなかったのさ。その内に適当なおなごを探して一緒にさせるわな。おみっちゃんが嫁になってくれるのなら好都合だが」

お熊は狡猾そうな表情で言った。八重はまともに応えるのがばかばかしくて、ため息をついただけで何も応えなかった。

「おみっちゃんが帰って来たら、うちへ来るように言っておくれ」

お熊は八重に構わず続ける。早くも増吉とおみちを一緒にさせる魂胆かと考えたら腹が立った。

「おみちは当分、戻りませんので、当てになりませんよ」

「お八重さん。何を怒っているんだえ。おかしな人だ」

お熊はそう言って、その日はおとなしく帰って行った。

おゆりがやって来たのは、大晦日の前の日だった。買い物に出たついでに堀江町まで足を伸ばしたという。

「姉さん、おみちのことで困っているらしいのよ」

おゆりはそんなことを言った。

「おみちは我儘(わがまま)を言っているのかえ」

「ううん、そうじゃないの。ずっと部屋に籠(こ)もりきりで、姉さん以外とは、ろくに口も利かないそうなの」

「………」

「姉さんにとって、おみちは実の妹だし、憎い訳じゃないけど、お姑さんの手前、もう少し愛想よくしてくれたらと、こぼしていたのよ。それでね、明日、おみちを迎えに行って、今度はあたしの所にしばらく置くつもりなのよ」

「迷惑を掛けるねえ」

　八重はすまない顔でおゆりに詫(わ)びた。

「いいのよ、それは。でも、このままおみちがここへ戻らないとしたら、あたしもちょっと困るけど」

「今はおゆりちゃんの所にいた方がいいかも知れない。鶴太郎さんが亡くなったばかりだというのに、お熊さんは、もうおみちのことをあれこれ魂胆しているふうだからさ」

「魂胆って？」

「ほら、鶴太郎さんと箱根に行ったお熊さんの従兄弟(いとこ)の息子がいただろ？」

「え、ええ。顔はよく見ていないけど」

「お熊さん、その息子とおみちを一緒にさせたがっているんだよ。全く呆れてものも言えない」

「それ、おみちに言っておくよ。お熊さんのいいようにされたら、たまらないもの」

おゆりは憤（いきどお）った声で言った。

「できればおゆりちゃんが、ここへ戻って来るように、おみちを説得しておくれでないかねえ」

八重は上目遣（うわめづか）いでおゆりを見た。

「まあね。姉さんの所が気詰まりなのは、おみちも感じたと思うけど。あたしの家だって同じようなものよ。おみちはここにいるのが倖せなのよ」

「あたしと一番長く暮らした娘だからさ」

「おっ義母さん、寂しい？」

おゆりは悪戯っぽい表情で訊いた。

「ああ。寂しいよ」

「それを聞いてほっとしたよ。おっ義母さんが意地になっていたら、おみちだって素直に戻れないし」

「あたしが意地になる訳がないじゃないか。出てゆけと言った覚えもないし」

「うまく行けば、明日連れて来られるかも知れない」

「恩に着るよ。黒豆、たくさん拵えて待っているからと言っておくれ」

「うちの分はある？」

おゆりは抜け目なく訊く。

「あるともさ」

八重は苦笑しながら応えた。

おゆりが帰ると、八重は神棚に掌を合わせ、おみちが戻って来るよう祈った。そのついでに、同じ名のおみちも無事に亭主と娘の所へ戻ることを祈った。

「おみちとおみちか……」

思えば不思議な気がする。娘のおみちが家に戻って来たら、もう一人のおみちも国へ帰るのではないかと思った。八重はそんな気がしてならなかった。

おみちは八重の期待通り、大晦日におゆりに伴われて戻って来た。

「よく帰って来ておくれだね。ありがとよ」

八重は涙ぐんでおみちに言った。

「おっ義母さん、ごめんなさい。勝手なことばかりして」

おみちも殊勝に謝った。

「ああよかった。丸く収まって」

おゆりもほっとしたように言った。

八重はさっそくおゆりに持たせる黒豆を重箱（じゅうばこ）に詰め始めた。おゆりに長居している暇はなかった。何しろ大晦日だ。

八重の家の様子を窺っていたのだろうか。向かいのお熊がすぐにやって来た。

「おみっちゃん。戻って来たのかえ？　よかった、よかった。どうだえ、今夜はおれの家で年越ししないか？　ごっつぉ、いっぱい拵えたからさ」

そら来たと八重は思った。おゆりも八重に微妙な目配せを送った。

「小母（おば）さん。悪いけど、今夜はおっ義母さんと色々、話があるから、またこの次にね」

おみちは用意していたように応えた。

「そんなこと、言わないでおくれよ。増吉がおみっちゃんの酌（しゃく）で一杯飲みたがっているんだよ。あいつはおみっちゃんが気に入ったらしい」

だがお熊は、媚(こ)びるように言った。

「小母さん、おあいにく様。あたしは増吉さんのこと、何んとも思っていないの。余計なことは言わないで下さいな」

「何んだとう！」

お熊はいきなり気色(けしき)ばんだ。八重はそっとおみちの袖を引いた。

「いいのよ、おっ義母さん。あたしにだって選ぶ権利がある。増吉さんは鶴太郎さんの代わりにはなれないのよ。鶴太郎さん、あの世で怒っているよ」

「ふん、お前のような我儘娘、誰が嫁に貰うか」

「小母さんにお前呼ばわりされる筋合はありませんよ」

おみちはぴしりと言った。

「お熊さん。娘は気が立っておりますので、ご勘弁を」

八重は取り繕(つくろ)うように言った。お熊は憎々しげな表情でおみちを睨(にら)むと土間に唾(つば)を吐いて帰って行った。

「ああ、怖かった」

おゆりは眼をしばたたいた。

「全く、冗談じゃないよ。鶴太郎さんが亡くなって、こっちは落ち込んでいるのに」

　おみちはぷりぷりして言った。八重は怒りが収まらなかった。この先もお熊と近所つき合いするのが、つくづくいやになった。

「おみち。引っ越ししようか。あたしはここにいるのが我慢できなくなった」

「おっ義母さん……」

　おみちは驚いたようにおゆりと顔を見合わせた。

「あの人の顔なんて、もう見たくない！」

　八重はそう言って袖口を口許に押し当てた。

　おみちは八重の肩にそっと手を添えた。

「おっ義母さんの気持ちはよくわかるよ。でもねえ、よそに引っ越ししても、そこが必ずしもおっ義母さんの思い通りになるとは限らないのよ。皆んな、それぞれに言い分がある。早く言えば、皆んな、他人と折り合いをつけながら生きているのよ。あたし、そう思う。小母さんは他人の迷惑を考えない人だけど、鶴太郎さんは、あの人の息子だったのよ。小母さんを毛嫌いして引っ越ししたら、鶴太郎さんが悲しむ」

　おみちは健気に言った。

「おみち。大人になったねえ」

おゆりは感心した。

「わかった。あたしが大人気なかった。堪忍しておくれ」

八重は洟を啜ると、思いを振り切ったように笑った。

「おっ義母さん。今夜は兄さんとさぶちゃんが来るんでしょう？　仕度しなけりゃ。お酒、ある？」

「ああ。一升ぐらいはあるけど、足りないかねえ」

「足りない、足りない。あたし、酒屋さんに行ってくる。おゆり姉さん、ついでにそこまで送るから」

「ついでだって。いやな子」

おゆりは、ぷんと膨れて見せた。

外は雪が降りやまない。だが、八重の心は温かく満たされていた。

年が明けたと思ったら、三が日、松の内はあっという間に過ぎた。

正月気分も抜けた十日、外から賑やかなお囃子（はやし）が聞こえた。

「おみち。あれは何んだろうねえ」

八重は店番をしながら、台所で洗い物をしているおみちに訊いた。

「今日は十日えびすよ」

「ああ、それなのか」

八重は合点した。十日えびすは正月十日に行なわれる初えびすの祭礼だった。露店では様々な飾りをつけた縁起物の笹が売られる。

日本橋の宝田えびす神社は秋の二十日えびすが有名だが、上方に倣って、この頃は十日えびすも盛んになった。

「おみち。ちょいと覗いてこようか」

八重はふと思いついて言った。

「だって、店はどうするの？」

台所から顔を出しておみちが訊いた。

「なあに。半刻（一時間）ぐらいなら大事ないよ」

「そうお？　そうね、今年は初詣にも行かなかったから、行こうか」

おみちは眼を輝かせた。

「笹も買おうよ」

「いいの？　縁起物だから高いよ」

つかった。

「いいんだよ」

八重は鷹揚(おうよう)に言って、びろうどの肩掛けを取り上げた。

戸締りをして二人が外に出ると、お熊が隣りの豆腐屋から出て来たところにぶ

「お早うございます」

八重は挨拶したが、お熊は聞こえない振りをして横を向いた。

「気にしない、気にしない」

おみちが傍でいなす。

表通りは十日えびすに出かける人々で結構、賑やかだった。その中で、八重は

店に訪れたもう一人のおみちらしい女を見掛けて、はっとした。

慌てて走り寄り、声を掛けると、姿は似ていたが、顔の全く違う別人だった。

「何よ、人違いなんてして。恥ずかしいったらありゃしない」

おみちは八重に文句を言った。

「ごめんよ。ちょっと気になったものだから」

そう応えたが、八重は内心でほっとしていた。

あの女は国に帰ったのだ。江戸にいる訳がない。亭主と娘と正月を迎えたはず

だと。

曇っていた空から薄陽が射し、辺りは明るくなった。今年はよい年でありますように。

「お豆さん……」

もう一人のおみちの声が八重の耳許で優しく聞こえた気がした。

解説──誇りを持って市井の人々を描き続けた慧眼に脱帽

文芸評論家　末國善己

宇江佐真理さんが亡くなった二〇一五年十一月七日から七年以上が経過したが、いまだに人気は衰えず人情時代小説の名作は世代を超えて読み継がれている。

宇江佐さんが癌を公表したのは、二〇一四年一月刊行の『髪結い伊三次捕物余話』シリーズの第十巻『心に吹く風』の「文庫のためのあとがき」だった。「この先、どうなるのかは私もわからないが、たとい、余命五年と言われても、三カ月と言われても、多分、私は動揺しないと思う。その日まで、いつも通り、食事を作り、洗濯、掃除をして、そして作品を書いていればよいのだから」と書いた宇江佐さんは、その言葉通り小説の執筆を続けた。病気を恐れず作家という仕事に誇りを持っていた宇江佐さんの強さは、闘病中に執筆されたが残念ながら未完に終わり、没後に「朝日新聞」夕刊に連載された『うめ婆行状記』からもうかがえる。

宇江佐さんは、一九九五年、廻り髪結いをしながら北町奉行定廻り同心・不破友之進の小者を務める伊三次を主人公にした「幻の声」で、第七十五回オール讀物新人賞を受賞してデビューした。同作は『髪結い伊三次捕物余話』としてシリーズ化され、宇江佐さんの代表作でありライフワークになる。私が初めて出版社から原稿料をもらう仕事をしたのは大学院に通っていた一九九五年なので、くしくもと書くとおこがましいが宇江佐さんとは同年のデビューとなる。

二〇〇〇年十二月に刊行された『春風ぞ吹く　代書屋五郎太参る』の書評を出版社のPR誌に書いたのが、初めての宇江佐さんの書評だった。この時、校正のゲラにプラスして、原稿に引かれた下線の横に◎、○などの記号と簡単なメモが書き込まれた元原稿が送られてきたことを鮮明に覚えている。編集者によると、記号とメモは宇江佐さんが書評を読んで書き込んだ感想とのこと。これは駆け出しの評論家へのエールだと思ったので、とても嬉しかった。

その後、宇江佐さんの作品の書評、文庫解説は何度も手掛け、編集者経由でお礼や感想を伝えられることはあったが、初めてお目にかかったのは、『口入れ屋おふく　昨日みた夢』の出版記念として宇江佐さんと北方謙三さんの対談が行われ、その司会と原稿のまとめを頼まれた二〇一四年七月である。最初に写真撮影があり、それを少し離れた場所で見ていたが、常に場を盛り上げようとしている北方さんに対し、宇江佐さんは北方さんと話をしたり、編集者やカメラマンとやり取りしたりしているが、精力的に執筆している作家とは思えないほど穏やかな印象を受けた。撮影が終わり対談の会場へ向かう途中でご挨拶をしたら、「初対面だったかしら。いつも書評を書いてくださっているから初めてという感じがしないです」との返事が返ってきた。

　撮影ではおとなしかった宇江佐さんだが、対談が始まると作家の顔になり、北方さんとの文学談議に花が咲いた。この対談は宇江佐さんが北方さんを指名したと聞いていたので、まずはその理由をうかがったところ、函館在住の文学少女だった宇江佐さんは、同じ団塊の世代で学生運動の闘士をしながら純文学作家としてデビューした北方さんに憧れていたという。中島敦の『李陵』を読んだことが大作『史記』を書く切っ掛けになったという北方さんのインタビュー記事を読み、高校時代に『李陵』を日本一難解だと思っていた宇江佐さんは、その難解な小説を咀嚼して自分の世界に作り替えた北方さんのお話をうかがいたいと思ったそうだ。やはり若い頃は純文学作家を目指していた宇江佐さんは、高校生の頃に学研の学習雑誌に小説を投稿して佳作になり、一緒に賞をもらったのが、近年再評価が進む佐藤泰志だったなど興味深い話をされていた。

北方さんとの対談で最も印象に残ったのは、宇江佐さんが時代小説を書いた理由である。習作期は一人称小説や書簡体小説を試みていた宇江佐さんだったが、何か違和感を感じて試行錯誤をしていたら、時代小説とホラーと官能小説が残った。子供がいるので官能小説は外し、山本周五郎、有吉佐和子を読んでいて、特に有吉が好きだった。それで、試しに時代小説を書いてみたら気持ちがフィットした。それで自分が書きたいことが、家族やご近所という身近な問題だと気付いたというのだ。このお話をうかがって宇江佐さんの作品が江戸を舞台にしているのにモダンで、いつの時代でも通用するテーマに切り込んでいるのが理解できたように思えた。

北方さんとの対談以降、文学賞の贈呈式で何度か宇江佐さんにお目にかかった。そうした席では、新刊や近刊の話になるのだが、宇江佐さんとは仕事の話はなく、お互いの近況報告だけだったような記憶がある。宇江佐さんとは長くも、深くもお付き合いしていないが、あれだけ精力的に執筆をこなしているのに、それを表に出さず、オンとオフの切り替えがはっきりされていたという人物像が強く残っている。

思い出話が長くなったが、家事と子育てをこなしながら執筆を続け、家族やご近所という身近な問題にこだわり続けた宇江佐さんのエッセンスが凝縮しているのが、本書『十日えびす』である。

錺職人の三右衛門が、後妻の八重と先妻の娘おみちに看取られて亡くなった。外に出た子供たちも集まり葬儀、初七日を無事に終えた後、長男の芳太郎が三右衛門の仏壇を世話をするので実家をもらうといい出す。他の兄弟も義母が実家、長男が裏店というのは変だといい、芳太郎の主張が通ってしまう。母が同じおみちは実家に残りたかったが、かわいがってくれた八重を一人にするのは薄情といわれ暗に家を出るよう促された。親の死後、面倒を見なかった兄弟が相続に口を出しもめることは現代でも珍しくないので、冒頭の展開が生々しく感じられる読者も少なくないはずだ。

小間物屋を開くつもりだった八重は、裏通りにある裏店並の家賃で借りられる仕舞屋を見つけ、芳太郎一家に追われるようにおみちと引っ越す。新天地で静かな生活が始まるかと思いきや、八重とおみちは、早朝から大きな音を出して布団を叩き、文句をいってくる人間には口汚い言葉を浴びせる傍若無人な向かいのお熊に悩まされることになる。おそらくお熊のモデルは、大音量で音楽を鳴らしたり、大きな音を出して布団を叩いたりするご近所トラブルを起こし、被害者が提供した映像が二〇〇五年頃にワイドショーで盛んに流された女性（通称・騒音おばさん）がモデルと思われる。

騒音おばさんが注目を集めたのは、生活音、ペット、ごみ出しなど解決が難しいご近所トラブルが増え、いつ自分が被害者になるか分からない不安が社会に広がっていたのも大きい。宇江佐さんがご近所トラブルに着目したのも、必然だったのである。

ただ本書は、ご近所トラブルを解決するという単純な構成にはなっていない。三話目の「生々流転」では、近所の裏長屋で一人暮らしをしていた老女が亡くなり、長屋を所有するお熊が葬儀の準備に奔走する。老いたが故に死と向き合い、誰にも迷惑をかけず死ねるよう手を打っていた老女の姿は、癌を告知された後の宇江佐さんと重なり、小説の中で死を見据えた経験が晩年の強さに繋がったように思えてならない。

また八重とおみちは、仏壇を守るといって実家に移り住んだものの、派手な生活が禍して、お寺にお布施が払えないどころか、日々の暮らしも立ち行かなくなった芳太郎に金を無心されるなど振り回される。お熊が姑になると苦労すると心配する八重をよそに、おみちは病弱だが絵が巧いお熊の息子・鶴太郎にほのかな恋心を抱くようになり、二人の恋の行方も物語を牽引する重要な鍵になっていく。

　血縁、地縁が薄くなった現代日本で、誰にも知られず、引き取り手もいないまま亡くなる人が増えている現実は、二〇一〇年にNHKで放送されたドキュメンタリー『無縁社会〜〝無縁死〟3万2千人の衝撃〜』で注目を集め、今では〝孤独死〟という言葉は説明の必要がなくなった。お熊の長屋で死んだ老女は、まさに〝孤独死〟なので、宇江佐さんはいち早くこの問題に関心を寄せていたことが分かる。まだ未婚のおみちが結婚しているものの生活が破綻した兄の面倒を見るべきかで悩む展開は、兄弟の介護を誰がするのかという新たな社会問題と重なるだけに、ようやく時代が宇江佐さんの想像力に追いついたといえ、単行本が出た頃より現在の方がリアリティがある。

　さらにいえば、八重とおみちは義理の母娘だが、おみちは実の兄弟よりも八重と良好な関係を築いている。江戸時代の家は長子相続が原則だったが、実子がいなかったり、嫡男が愚かで家の存続が危うかったりしたら養子を迎えるのも普通だった。だが現代の日本は、子育ても生活支援も介護も家族主義が強固で、それが公共の福祉サービスの拡充を阻んでいるとの指摘もある。八重とおみちは、家族とは血縁なのか、深い絆があれば他人同士も家族になれるのかを問うことで、現在の家族主義偏重に一石を投じていることも忘れてはならない。

家族、ご近所の様々なトラブルにかかわった八重とおみちは、お熊にも辛い過去があり、それが傍若無人な行動の原因になっていることを知る。だが宇江佐さんは、事情を知った近所の人たちがお熊と和解するといった安易なハッピーエンドにはしていない。解決どころかお熊とのトラブルはもつれにもつれ、ついに八重は転居を決意する。辛い経験を乗り越え成長したおみちは、そんな八重に「よそに引っ越ししても、そこが必ずしもおっ義母さんの思い通りになるとは限らないのよ。皆んな、それぞれに言い分がある。早く言えば、皆んな、他人と折り合いをつけながら生きているのよ」と諭す。

ＳＮＳなどの書き込みに対し、批判や誹謗中傷が集中する〝炎上〟という言葉が普及して久しく、誰がいつ被害者になるか、加害者になるか分からなくなっている。〝炎上〟は、ある書き込みの内容が酷い、不謹慎だと指摘されると、それに同意した人たちが拡散することで起こるが、多くは悪意ではなく、正義感から〝炎上〟に加担するとされる。つまり〝炎上〟は、書き込みをした人の事情を考える想像力や、自分の正義感が本当に間違いないのかを確認する冷静さの欠如が原因といえるが、おみちのいう「それぞれに言い分」や「他人と折り合いをつけ」ることができれば防ぐことも可能なのである。感情的になり解決が難しいご近所トラブルの処方箋を提示した本書は、やはり感情が先走りトラブルに拍車がかかる〝炎上〟防止にも繋がるなど、普遍的なテーマになっているのである。

「死せる孔明生ける仲達を走らす」の故事ではないが、現代人が宇江佐作品から学ぶべきことはまだまだ少なくないのだ。

本書は二〇一〇年四月、小社より文庫判で刊行されたものの新装版です。

十日えびす

一〇〇字書評

切り取り線

購買動機（新聞、雑誌名を記入するか、あるいは○をつけてください）

- □（　　　　　　　　　　）の広告を見て
- □（　　　　　　　　　　）の書評を見て
- □ 知人のすすめで
- □ タイトルに惹かれて
- □ カバーが良かったから
- □ 内容が面白そうだから
- □ 好きな作家だから
- □ 好きな分野の本だから

・最近、最も感銘を受けた作品名をお書き下さい

・あなたのお好きな作家名をお書き下さい

・その他、ご要望がありましたらお書き下さい

住所	〒				
氏名		職業		年齢	
Eメール	※携帯には配信できません	新刊情報等のメール配信を 希望する・しない			

この本の感想を、編集部までお寄せいただけたらありがたく存じます。今後の企画の参考にさせていただきます。Eメールでも結構です。

いただいた「一〇〇字書評」は、新聞・雑誌等に紹介させていただくことがあります。その場合はお礼として特製図書カードを差し上げます。

前ページの原稿用紙に書評をお書きの上、切り取り、左記までお送り下さい。宛先の住所は不要です。

なお、ご記入いただいたお名前、ご住所等は、書評紹介の事前了解、謝礼のお届けのためだけに利用し、そのほかの目的のために利用することはありません。

〒一〇一‐八七〇一
祥伝社文庫編集長　清水寿明
電話　〇三（三二六五）二〇八〇

祥伝社ホームページの「ブックレビュー」からも、書き込めます。

www.shodensha.co.jp/bookreview

祥伝社文庫

十日えびす　新装版

令和 5 年 1 月 20 日　初版第 1 刷発行

著　者　宇江佐真理

発行者　辻　浩明

発行所　祥伝社

東京都千代田区神田神保町 3-3
〒 101-8701
電話　03（3265）2081（販売部）
電話　03（3265）2080（編集部）
電話　03（3265）3622（業務部）
www.shodensha.co.jp

印刷所　図書印刷
製本所　ナショナル製本
カバーフォーマットデザイン　中原達治

 ISBN978-4-396-34865-6 C0193

祥伝社文庫の好評既刊

〈祥伝社文庫　今月の新刊〉

江上　剛
銀行員　生野香織(しょうのかおり)が許さない
建設会社のパワハラ疑惑と内部対立、選挙の裏側……花嫁はなぜ悲劇に見舞われたのか？

真山　仁
それでも、陽は昇る
産業誘致、防災、五輪……本物の復興とは？二つの被災地が抱える葛藤を描く感動の物語。

沢里裕二
ダブル・カルト　警視庁音楽隊・堀川美奈
美奈の相棒・森田が、ホストクラブに潜入。頻発する転落死事件の背後に蠢く悪を追う！

加治将一
第六天魔王信長　消されたキリシタン王国
信長天下統一の原動力はキリスト教だった！真の信長像を炙り出す禁断の安土桃山史。

南　英男
葬り屋　私刑捜査
元首相に凶弾！　犯人は政敵か、過激派か？凶悪犯処刑御免の極秘捜査官が真相を追う！

小杉健治
桜の下で　風烈廻り与力・青柳剣一郎
一生逃げるか、別人として生きるか。江戸を追われた男のある目的を前に邪魔者が現れる！

宇江佐真理
十日えびす　新装版
夫が急逝し家を追い出された後添えの八重。義娘と引っ越した先には猛女お熊がいて…。

安達　瑶
侵犯　内閣裏官房
沖縄の離島に、某国軍が侵攻してくる徴候が。レイらは開戦を食い止めるべく奮闘するが…。